小説 仮面ライダー電王

東京ワールドタワーの魔犬

白倉伸一郎

講談社キャラクター文庫 008

デザイン／出口竜也（竜プロ）

目次

0

翡《ひ》翠《すい》

「オマエノ――ノゾミヲ……イエ……」

声が聞こえてきたとき、翡翠はまだ夢の中にいました。

翡翠は眠ったまま、ぴくりと耳を動かしただけでした。

最初は夜の風が鳴る音にまぎれ、切れ切れの雑音にしか聞こえなかったのです。しかし、しだいにその声は近づき、はっきりと人の声の形をともなってきました。

「おまえの望みを言え――」

翡翠は、瞬きをして首をもたげました。

人の気配はしないけれども、たしかに人の声です。

翡翠の部屋は、部屋というより小屋といったほうが正確で、体を丸めなければ寝られないほどの狭さでした。だれかが外に来ているのか。翡翠は起き上がり、外に出て、体を伸ばしながら周りの様子を窺《うかが》いました。

やはり人の姿はありません。

夜空の下、かすかな月の光に影を落としているのは自分だけでした。

「おまえの望みを言え」

耳もとで声がささやきました。

翡翠はびくりとします。

チェーンの音がガチャリと鳴りました。

「おまえの望みを言え。どんな望みも叶《かな》えてやろう」

その声は、どうやら自分の中から響いてくるようでした。

ささやき声の意味はよくわかりません。だれが語りかけているのかもわかりません。

だが、その意図するところはまっすぐ翡翠の胸に伝わりました。


そうだ……僕の望みは……。

1

二〇〇五年二月十日

デンライナーが疾走《しっそう》する。

ぼくはチケットをもう一度見た。「二〇〇五年二月十日」——ぼくの時間から、八年ちょっと前。

敵イマジンは、この日付にジャンプした。

その日に向かって、デンライナーは時の中を戦闘モードでひた走っている。

デンライナー。

時の列車。

チケットさえあれば、過去でも未来でも、どの時間にでも行ける。

この不思議な列車と出会ってから、もう何年も経った。けれど、今でも《時》のことはよくわからない。

過去から未来へと、時は流れる。でもそれは、ぼくたちが直感として捉《とら》えているような、確固としたものではないらしい。

過去という上流にさかのぼれば、時という河の流れはいくらでも変えられる。ほんのちっぽけな小石を投げこんだだけで、未来という河の形がまったく別物になってしまうこともある。

敵イマジンは、そういうポイントを狙って、過去へとジャンプするのだ。

そして今、ぼくたちも同じポイントへと急行している。

「二〇〇五年二月十日、ですか……」

オーナーが感慨深げに言った。

「新東京タワーが押上《おしあげ》に建つことが決まりかけてたころではありませんか。私たちが向かってるのもその近くですし、街は誘致運動一色かもしれませんねェ」

オーナーは、チャーハンにひとさじスプーンを入れ、飯粒の山を垂直に削った。

どうやら、スカイツリーをかたどったチャーハンの山を彫刻しようとしているらしい。

「そんなことよりオッサン、まだ着かねーのかよ。デンライナーもガタが来てんじゃねーだろうな」

と、ぼくは言った。

「ガタが来てるって言ったら、先輩ご自慢の鼻も、そろそろガタが来てるんじゃないの？　今回だって、イマジンのニオイがするとかしないとか、さんざん振り回してくれちゃってさ。結局ぜんぜん違う契約者だったじゃない」

と、ぼくがすかさずツッコミを入れた。

●

「目的の時間に到着しまーす。お出口は進行方向、左側でーす」

ナオミさんがアナウンスする。

と同時にデンライナーは時の中を抜け出した。

二〇〇五年の東京。

向島《むこうじま》付近だろうか。デンライナーは、低い電線が張りめぐらされている中をかいくぐって一般道に滑りこむ。

契約者の記憶をたどり、イマジンがジャンプした時間と場所がここなのだ。

もちろん、のちに完成する東京スカイツリーはまだ影も形もないけれど、そこかしこに目立つ「新タワーで観光都市すみだ」みたいな横断幕やのぼりが、いまとなってはかえって目新しい。

「行くぜ行くぜ行くぜえッ！」

ドアが開くのももどかしく、ぼくはデンライナーを飛びだした。

すばやく周りを見回す。

いた。

イマジンだ。

猫の姿で羽根のついた帽子をかぶり、足に長靴を履いている。そう言うとキュートに聞こえるけれども、目に邪悪な光を浮かべた醜悪な怪物だ。

「猫野郎、猫なら猫らしく、コタツで丸くなってろってんだ」

「てめえ、電王《デンオウ》だったたっスか」

猫の怪物――キャットイマジンとでも呼べばいいのだろうか――は不機嫌そうに、のどを鳴らして牙をむいた。

「悪く思うな。本当の電王ってヤツを見せてやるからよ。変身！」

パスタッチとともに、全身にアーマーが装着され、ぼくは《電王》になった。

デンガッシャーを剣の形に組み立てて突っこむ。

イマジンは、猫そのものの敏捷《びんしょう》な動きで、ぼくの攻撃をかわした。

かわしがてら、イマジンの連続パンチが襲いかかってくる。

「パンチパンチパンチパンチパンチ!!」

「痛て痛て痛て痛て痛て痛て痛て!!」

目にもとまらない連続技が正確にぼくの目にヒットする。一撃一撃はさほど威力はないが、視界を奪われて手も足も出ない。

〈モモタロス、一回下がって！〉

「んなこと言ってもよ！　痛て痛て痛て!!」

「さらにキーックっス！」

と、イマジンは横っ飛びに飛びながら両足で交互にキックした。

「くっ！」

空中に放りだされるぼく。

しかし負けてはいない。

地面に落ちながらも、

「俺の必殺技、パートⅡッ！」

を繰りだした。

剣の先が飛び、敵イマジンに襲いかかる。

が、

「その手は喰《く》わんっス！」

ニヤリと不敵な笑みを浮かべたイマジンは、思わぬ行動に出た。

「パンチパンチパンチパンチパンチパンチ‼」

連続パンチで、必殺の剣先を叩き落としたのだ。

ぼくはショックで凍りついた。

「俺の必殺技を破りやがった！」

その隙《すき》に、イマジンはするすると墨堤通《ぼくていどお》り沿いの街路樹に登り、樹から樹へとジャンプして逃げていく。

〈そんじゃ、ぼくの出番かな〉

ぼくの中から別の声がし、身体が青く染まった。

一瞬間でデンガッシャーを釣《つ》り竿《ざお》に組み替える。

デンガッシャーは、ユニットを組み替えることで機能が変わる万能携行武器だ。そして、今度の第二のぼくは、自称・釣りの名手なのだ。

「おまえ、ぼくに釣られてみる?」

言いながら、大きく竿を振った。

フリップキャストからのスキッピング。

竿に手応えがあり、浮きが揺れた。

「フックアップ! かかった!」

リールを巻き、一気に竿を上げる。高速道路の上に逃げかけていたイマジンが釣り上げられる。

「よっしゃ! 俺の空手で決めたる!」

ぼくは四股《しこ》を踏んだ。

この第三のぼくは、自称・空手家なのだ。空手家が、なぜ四股を踏まなきゃいけないのか、さっぱり不明だけれども……。

「どすこい!」

気合もろとも、強烈な張り手をイマジンにお見舞いする――かと思いきや、ぼくはイマジンの顔の前で拍手した。

「にゃっ？」

イマジンもあっけにとられて、目をぱちくりさせている。

ぼくは得意満面になって宣言した。

「どうや。これが猫だましや。俺の強さに、おまえが泣いた！」

〈キンちゃん、だましてどうすんの、だまして！〉

〈遊んでんじゃねーぞ、クマ公！〉

ぼくの中は非難囂々《ひなんごうごう》。

〈じゃあ、ぼくの番♪〉

内輪もめの隙に乗じて、第四のぼくが前に出た。

「撃ちまくっちゃうけどいいよね。答えは聞いてないっ！　ばんばーん、ばーん！」

ぼくは銃を乱射した。

イマジンの周囲で銃弾がはじけ、爆煙と硝煙がたちこめる。

ガンモードのデンガッシャーの火力なら、一発で敵を仕留められる。当たりさえすれば。

だが、イマジンは軽々と銃弾を避けて跳び回った。

第四のぼくの戦闘力は高い。射撃の名手でもある。だけど、口で「ばんばん」言ってからトリガーを引くのが玉に瑕《きず》なのだ。今回みたいに運動能力の高い敵だと、弾道を読まれてしまう。

「なんで避けんのさ！　避けたら当たんないじゃん！」

「当たってたまるっスかよっ！」

しかし、一発も当たらないながら、ぼくの銃撃は確実にイマジンを高速下の袋小路に追いつめていた。それと意図したわけではないだろうけれど。

〈上出来だぜ、小僧！〉

最初のぼくが、再び前に出た。

「今度こそ決めてやるぜ。再び俺の必殺技、パートⅡ！」

ぼくはデンガッシャーの剣先を分離させた。

「その手は喰わんと言ったっスよね！」

毒づきながらイマジンは、パンチの体勢で構えた。

が、剣先は先ほどとは違い、弧を描かずに、まっすぐイマジンのボディへと吸いこまれていった。

「にゃ――にゃんスかっ！」

剣に刺し貫かれたイマジンは、あっけにとられた表情を一瞬見せてから――爆発四散した。

●

「計算どおりだぜ」

と、ぼくは悦に入り、デンライナーのテーブルにどっかり足を載せた。

〈どこが計算どおりなのさ、先輩。さっきのは、すっぽ抜けがたまたま当たっただけでしょお？〉

〈最近腕がなまってきたんと違うか、え、モモの字〉

〈やーいやーい、モモタロスのなまけもの～〉

〈リュウタロス、それちょっと意味が違うよ〉

と、ぼく自身も一応ツッコんでみる。

「細けーこたあいいんだよっ。とにかく勝ちは勝ちだ！　おい、ナオミ、コーヒー」

ぼくは意気揚々と伸びをして、ぼく自身に戻った。

そう。

《ぼく》の説明をまだしてなかったっけ。

ぼくの頭の中には、《声》が四人棲《す》んでいる。

《声》にとり憑《つ》かれているといってもいい。

モモタロスはケンカっ早く、ウラタロスはお調子者の嘘《うそ》つき。空手家気取りの関西弁が

キンタロスで、すぐ暴走する甘えん坊がリュウタロスだ。

こう言うと変なのばっかりに聞こえるかもしれないけど、ぼく――野上良太郎《のがみりょうたろう》にとっ

郵便はがき

料金受取人払郵便

小石川局承認

1376

差出有効期間
平成26年11月
29日まで
(切手は不要です)

112-8731

東京都文京区音羽2-12-21
(株)講談社　第六編集局
「講談社キャラクター文庫」行

愛読者カード

今後の出版企画の参考にいたします。
ご記入の上ご投函ください。

お名前

電話番号

メールアドレス

今後、講談社から新刊のご案内やアンケートのお願いをお送りしてもよろしいでしょうか？　ご承諾いただける方は、右の□の中に○をご記入ください。

●講談社から案内を発送することを承諾します。 □

この本の書名を
お書きください。

あなたの年齢　　歳　　性別　男　・　女

●この本を何でお知りになりましたか?

1 書店で実物を見て　2 チラシを見て　3 書評・紹介記事を見て
4 友人・知人から　5 インターネットから　6 Twitterから
7 その他（　　　　　　　　　　　　）

●この本をお求めになったきっかけは?（○印はいくつでも可）

1 書名　2 表紙　3 内容紹介　4 著者のファン　5 帯のコピー
6 その他（　　　　　　　　　　　　）

●最近感動した本、面白かった本は?

●好きな作家・漫画家・アーティストなどを教えてください。

★この本についてお気づきの点、ご感想などを教えてください。

ご協力ありがとうございました。

て、大切な仲間でもある。

彼らには体がない。

体がないから、ぼくの体を乗っ取って、好き勝手にしゃべったり動いたりする。

彼らにそれぞれ名前をつけたのはぼくだ。彼らは口をそろえて「センスなさすぎ」と文句たらたらだったけれども、べつに他の名前を主張しようとはしなかった。

ぼくが彼らと《契約成立》したあかつきには、彼ら一人一人も実体を持つだろう。さっきの敵イマジンが猫の姿をしていたように。モモタロスには桃太郎《ももたろう》の赤鬼の、ウラタロスには浦島太郎《うらしまたろう》の亀の——と、それぞれのイメージの姿がある。そのイメージもまた、ぼく自身から生まれたものだ。だから、彼らはぼくの外から来た存在であると同時に、ぼく自身の中から生まれた存在でもあったりするのだ。

彼ら四人のイマジンたちと、ひとつの体を共有して、敵イマジンとの戦いに限らず、日常に巻き起こるひとつひとつの体験もまた共有すること——ぼくにとって、それは、もうすっかり当たり前のことになってしまった。

これから話そうと思うのも、戦いと日常とが交錯した、そんな体験のひとつだ。

そんなわけで、ぼく(たち)は、もとの時間に戻りながら、ナオミさんが淹《い》れてくれたコーヒーを飲んでくつろごうとしていた。

オーナーがぽつりと言った。

「一件落着——していないかもしれませんよ」

「何だよオッサン。イマジンはきっちり倒したじゃねーか」

「たしかにイマジンは倒しました。しかし、事件は解決していない気がするのです。もしかしたら前よりももっと事態は悪化してしまったのかもしれない……それどころか《時》そのものが終わってしまうほどの破局の引き金を、みすみす引かれてしまったのかもしれない」

「……………」

ぼくの中で、イマジンたちが固唾《かたず》を呑《の》んだ。

オーナーは、ちゃらんぽらんなときはちゃらんぽらんだけど、真実を射貫くときにはだれよりも正しく射貫く人だ。

「良太郎君」

ぼくに向き直ったオーナーの顔は、いつになく深刻だった。

「今回の事件を、そもそものはじまりから、もう一度振り返ってみませんか。私たちは、大切なことを見過ごしていたのかもしれません。何か、ものすごく大切なことを……」

2

エイトライナーの魔犬

ぼくの時間で三週間ほど前――。

二〇一三年四月二日。

「再開発、バンザーイ！　新しい商店街を、つくろーう！」

北浦《きたうら》さんが、店の中で声を張りあげていた。

「――という感じで、元気に運動やってます。こっちの商店会は、すっかり意気投合してるんですけどねー。そちらはまだまだテンション低いみたいで。どうも愛理《あいり》さんが参加してくれないと、盛り上がらないってみなさん言ってますよ。ぜひ会合に参加してくださいねー」

北浦さんは、駅むこうの商店会の副会長さんだ。

七十がらみなのに、テンション高い。ここのところ、毎日のように店に顔を出しては、姉さんをかき口説いている。

「でもねえ……」

と姉さんは微笑みを浮かべながら、しかし、きっぱりと断るのが常だった。

「私は、まだ、賛成するとも反対するとも決めてないんですから」

「とにかく試しに参加だけでも。ねっ？」

「そうそう、とりあえず参加したらいいじゃないですか～。そして適当に反対の声をあげてればいいんですよ～」

「ちょっと尾崎《おざき》さん。愛理さんには賛成してほしいんだから！　おかしな差し出口を挟まないでよねー」

北浦さんと尾崎さんが角突き合わす。これも常だった。

尾崎さんは、姉さんの喫茶店――《ミルク・ディッパー》の常連客の一人で、雑誌記者だか編集者だか、そんなような仕事をやっている人だ。

最寄りの駅の下に、さらに新しく地下鉄が通ることになり、駅周りを再開発しようという計画が進んでいるらしい。ショッピングセンターやオフィスビル、美術館、ホール、図書館、公園などなど、えらく壮大な計画で、東京ミッドタウンや六本木ヒルズ以上の規模と聞いた。再開発予定エリアの中に、ミルク・ディッパーも入っているらしい。

二人が話しているのは、その計画に賛成するか反対するか、ということだ。

「じゃあ、日曜日にね。期待してますよ。お願いしますねー！」

また来るから、という含みを残して北浦さんは出ていった。

それを見送って、尾崎さんがひそひそと姉さんに入れ知恵する。

「愛理さ～ん。こういう地上げ話はね、とりあえず反対しといたほうがお得なんですよ。何でもいいから主張だけしとくんです。愛理さんがこの店を残したかったら残せるし、新しい施設に入りたかったら、より広い区割りをゲットしやすくなるでしょ。計画を主導してるのは、たしか青砥健介《あおとけんすけ》っていう、有名なハゲタカ投資家なんですから。おとなしくなんかしてたら、好き放題やられちゃいますよ〜」

「そうねえ」

姉さんはあいまいな微笑みを返し、それ以上は何も言わなかった。

再開発が進めば、ミルク・ディッパーを取り壊すことになる。

そんな計画が進んでいるという話を聞いたのは、今年の初めごろ。姉さんは、当然反対すると思った。けれども、姉さんはちょっと思案顔になっただけで、反対とも賛成とも言わず、何ヵ月経っても、いまもって態度を保留している。

ぼくは、口をさしはさまない。

姉さんは、夢見るような微笑みをいつも浮かべているふんわりした人で、そんな天然っぽい雰囲気に癒やしを求めて、店にも常連客が絶えない。

でも、見かけとはうらはらに、姉さんは強い。もし姉さんが迷っているなら、「良ちゃん、どうしよう?」と、ぼくに意見を求めるだろう。何も言わないということは、姉さんは姉さんなりに、すでに何かを決めているのだ。姉さんが自分で何かを決めたなら、どれほどガンコか、よく知っているつもりだ。

だから、ぼくは何も言わない。

でも、胸はちくりと痛んでいた。

〈ねー、お姉ちゃんのお店、なくなっちゃうの？〉

ぼくの中で、リュウタロスが不安げにささやく。

〈わからないよ。わからない。けど……〉

ぼくもささやき返す。

ミルク・ディッパーは商店街の片隅にある、小さな喫茶店だ。

正確には、ライブラリ・カフェという、本とコーヒーが売りの店。店舗は商店街の中でも古株の部類だ。なにしろ姉さんやぼくが生まれる前からここにある。

でも、ぼくは店そのものには正直あんまり愛着を持ってない。

ぼくにとって、この店は、姉さんの心を映す鏡のように思える。

長らく空き家になっていたのを改装し、姉さんがここで喫茶店を開いたのは、過去を振り返るためじゃなくて、未来のためだった。姉さんは、ある人との未来を信じて、この店を開いた。店の中央に鎮座する望遠鏡の飾り。鴨居《かもい》の星の模様。ミルク・ディッパー――南斗六星――という店名。ぜんぶ、その人の影響だ。

この店を続けているかぎり、いつかまた、姉さんがもう一度未来を信じられるときが来る――気がする。

ぼくは姉さんの顔を盗み見た。

姉さんは素知らぬ顔で、何事もなかったかのようにコーヒー豆の焙煎《ばいせん》を続けている。

芳醇《ほうじゅん》な香りが店中を満たしていく。

姉さん。

何かを決めているとしたら、何を決めているんだろう。

姉さんは、未来を信じ続けられているんだろうか？

●

そんなふうに宙ぶらりんな気持ちのまま、一週間が経った。

ぼくとリュウタロスは姉さんのことが心配だったし、尾崎さんは尾崎さんなりに、姉さんの損得にも気を回してくれていた。

ぼくたちにとっては大事なことだけれど、世の中のどこかしらでは毎日起こっているような、なんてことない日常のひとこま。

ずっとあとになって、そんなひとこまの中に大きな事実が秘められていたことを知るのだけど、このときのぼくたちは何もまだ気づいていなかった。

事態が動きだしたのは、四月九日のことだった。

「魔犬だ、魔犬！　魔犬魔犬！」

にぎやかに入ってきたのは、三浦《みうら》さんだった。尾崎さんと並ぶ常連さんの。

「騒がしいねえ三浦君。せっかく愛理さんがかもしだすコーヒーの香りを静かに楽しんでいるというのに」

尾崎さんが嫌味を言うのをものともせず、興奮しきった三浦さんは鼻を膨らませてカウンターに腰を下ろした。

「たしかにいい香りだ。でもね愛理さん、これを聞いたら、のんびりコーヒーを淹《い》れてなんかいられませんよ。なにしろ魔犬が出たんですからね！」

「魔犬……って、『魔物の犬』ですか?」

姉さんが首をかしげる。

「そうです。その魔犬です。出る出るとは聞いていたが、やっとシッポをつかみました」

「魔犬にもシッポがあるんですね」

姉さんは適当な相づちを打ちながらクスリと笑った。

その笑顔を見て、三浦さんは世にもうれしそうな顔になり、そんな三浦さんを見て、尾崎さんは世にも苦々しい顔になった。

「何度言ったらわかるのかな～三浦君。そういうオカルト話をこの店に持ちこまないでくれって。だいたい魔犬とかって、現代に出るわけないでしょ。横溝正史《よこみぞせいし》の世界じゃあるまいし」

「それを言うならシャーロック・ホームズだ。貴様の薄っぺらい底が知れるわ。このインチキ記者が」

三浦さんは、スピリチュアル・カウンセラーだかなんだかで、オカルトっぽい、いわくありげなネタを追いかけていることが多い人だ。たいていはただの噂話なので、おおかたの常連客は「またか」とスルーしてしまうのだけど、尾崎さんだけは真っ向から咬《か》みつく。

なんだかんだ言って、名コンビだと思う。

三浦さんの話を聞けば、街に《魔犬》が出るという噂があるのだという。

「魔犬だなんてまた大ゲサな。どうせ野良犬がまぎれこんだ程度なんじゃないの～」

「鬼火を身にまとっていると言うんだぞ。野良犬が鬼火をまとうか。魔犬に決まっている」

「だったら野良ギツネだよ、キツネ。キツネなら火くらい身にまとうでしょ。狐火って言うし」

とか、適当にあしらおうとしてた尾崎さんの態度がころっと変わったのは、その後の三浦さんのセリフを聞いてのことだった。

「貴様のようなエセ記者は知るまいが、青砥健介という著名な投資家がいてな。彼の行くところ、かならず魔犬が出るというのだ」

「青砥健介――?」

青砥健介。

どこかで、聞いた気がする。

〈この辺の再開発を進めてるハゲタカさんってのが、そんな名前じゃなかった？〉

ウラタロスが助け船を出した。

その名前には、尾崎さんの記者としてのアンテナも強く反応したみたいだ。

「それ、記事になるかも。いいじゃない！　『未来を知る男の陰に魔犬』なんてさ」

「未来を知る男？」

それまで、二人の会話をなんとなく聞き流していたぼくは、思わず割って入っていた。

「《未来を知る男》って、何ですか」

「良太郎君、興味ある？　青砥健介って、金融界に彗星《すいせい》のごとく現れ、ほんの三、四年でトップにのぼりつめてるんだよね〜。ぴたりぴたりと、怖いくらいに先を見通すから、業界では《未来を知る男》って言われてるんだって」

「未来を知る男……」

その言葉を反芻《はんすう》していると、ぼくの中でもざわめきが起こった。

〈良太郎、何かひっかかるんか？〉

〈ちょっとね〉

とくに理由はない。

理由はないけど、不思議な巡り合わせを感じる気がした。

姉さんの未来を象徴している気がする店に、《未来を知る男》なんて呼ばれている人がちょっかいを出している。その人がどんな人なのか、知りたいと思った。

それだけだ。

〈良太郎、魔犬だの未来を知るだのって、完全にオカルトだよ？　いちいち釣られてどうすんの〉

〈ねーねー、魔物の犬って何ー？　かわいいのー？　ぼく、会ってみたーい〉

〈けっ。くだらねー。おまえら、そんな話に乗ってんじゃねーよ〉

〈珍しいやないかモモの字。いつもなら、どんなネタにもすぐ首つっこむやないか〉

〈うるせークマ公、気分が乗らねーんだよ〉

〈ははーん。さては……ふふっ〉

〈さてはって、何や亀の字〉

〈ほら、先輩は犬が怖いから〉

〈犬が怖くて首をすくめてるっちゅうわけか。どっちが亀やら。ハハ！〉

〈やーい、モモタロスの弱虫弱虫ー！〉

〈なんだとハナタレ小僧！　てめーらこっち来い！〉

ぼくの頭の中で、彼らが取っ組み合いをはじめた。

「上等だぜッ！」

尾崎さんと三浦さんからすれば、ぼくがとつぜん立ちあがって言い放ったかのように見えただろう。

ぽかんと見守る二人に向けて、ぼくはきっぱりと宣言した。

「魔犬だかなんだか知らねーが、この俺が退治してやるっつーんだよ!」

このときのぼくの瞳が、かすかに赤く変色しているのに、二人は気づかない。

「良ちゃん、お出かけするんだったら、ちゃんとごはん食べてからね」

姉さんが心配そうに、黒っぽいような茶色っぽいような、サラダめかしい何かを用意しはじめた。

●

そんなわけで、ぼくは尾崎さん、三浦さんの二人と行動を共にすることになった。

といっても、何か具体的な目星があるでもない。

三浦さんの聞きこんできた話も、噂話の域を出ないものだった。青砥健介という人の周りに、炎を身にまとった魔犬が出没する、というだけだ。

「とりあえず青砥健介の会社に行ってみようか。青砥に近づくのが魔犬に近づく第一歩」

「おまえみたいな記者もどきが、あの有名人に近づけるのか?」

「どーにでもなるって。ぼくほどの敏腕記者ともなれば、アポなし取材には馴《な》れっこだし」

とかなんとか、自信満々な尾崎さんに連れられて、ぼくたちはその会社——アオトグループ本社のロビーで、呆然《ぼうぜん》と立ちつくすことになった。

「ここは会社なのか？　空港か何かじゃなくて？」

三浦さんが思わずつぶやいたのも納得の威容。

どーんとした吹き抜けの下に、改札みたいなゲートが並び立ち、出入りする人が一人一人身体検査を受けている。空港なんて言うのも大げさではなく、まるで宮殿みたいな荘厳さと厳重さだった。

どう見たって、なんの用意もなしに「どうにかなる」と言える状況じゃない。

「記者もどき、さっきの勢いはどうした」

「三浦く〜ん。お得意のオカルトでなんとかならないかな〜」

さしもの尾崎さんも気後れしているようだった。

〈仕方ないねぇ。釣れるかどうだか、糸でも垂れてみようか〉

ウラタロスが、ぼくの足を受付に向けた。

カウンターに座っている女性の一人に気安く話しかける。

「ねぇ君、ちょっと教えてほしいんだけど。青砥健介って人、君たちの社長さん？」

「青砥は社長ですが、社長にどんなご用ですか？」

「やだなぁ。社長さんに用なんかないよ。ぼくが用があるのは、キ・ミ」

と、いつもの調子で受付さんを口説きはじめた。

〈ナンパしてんじゃねーぞ、カメ公〉

〈わかってないなぁ。作戦だよ作戦。この娘《コ》とまず仲良くなるでしょ。デートを重ねるうち、ねんごろになるでしょ。そしたら会社の友達を紹介してもらうのさ。そうやって友達から友達へとたどっていけば、いずれ社長秘書とかにたどりつけるじゃない〉

〈何年かかるんや！〉

　頭の中がツッコミ祭りになっている間、受付さんたちは見るからに不審者を見る胡乱《うろん》な目つきでぼくを眺めていたが、やおら立ちあがった。

　まずい、警備員を呼ばれる！

　と焦った矢先、受付さんたちは深々と頭を下げた。

　ぼくに向かってではなく、入り口のほうへ。

「？」

　振り返ると、自動ドアが開き、一人の男性が足早に入ってくるところだった。

　がっしりとした体格にびしっとスーツを着こなし、アタッシェケースを片手に、あたりを睥睨《へいげい》しながら歩く姿にはいかにも風格が備わっていた。

〈あれが青砥健介か。さすがに社長の貫禄《かんろく》やなあ〉

　キンタロスが感心するのに、

「違うね、キンちゃん」

ウラタロスがツッコんだ。

「青砥健介は、その後ろ」

と顎をしゃくる。

がっしりとした男性の後ろに隠れるようにして、初老の男性がちょこちょこついてきていた。

年の頃は、六十代半ばくらいだろうか。小柄なのにひょろっと手足が長く、スーツの肩のあたりが余っていて、あんまり着慣れていないように見えた。

なにより目を引くのは、腕に子犬を抱いていたことだ。

ポメラニアンだろうか。

〈ワンちゃんだワンちゃん。かわいー〉

無類の動物好きのリュウタロスがメロメロになる一方で、

「まさか《魔犬》ってあの子犬？　釣ってくれるよねぇ」

〈幽霊の正体見たりってやつやな〉

ウラタロスとキンタロスが、拍子抜けしたような声をあげていた。

〈ウラタロス、あの人が青砥さん？　だって、なんだか……〉

「こんなビルを構える大企業の社長にしては貧相に見えるって？」

ぼくが心の中でさえ言うのをためらったようなことを、ウラタロスは平気でズバズバ口に出してくれた。

「だって、あのマッチョ、重たそうなカバン持ってるでしょ。マッチョがカバン、じいさんが犬。だったら、じいさんが社長でマッチョが秘書でしょ。着ているスーツも、じいさんのほうが生地や縫製は高級。着こなしはからっきしだけど」

〈そうか〉

子犬を抱いた青砥さんと、マッチョな秘書の人が、最敬礼で見送られながらゲートをくぐっていくのを、ぼくたちも見送った。

「さて、どうする？　青砥って人に会ってみる？」

受付を離れて、ウラタロスがささやいた。

〈会うって、どうやって？〉

「それはこれから考えるけど、なんとかなるんじゃないかなぁ。今日これからのスケジュールはわかったから」

〈え？〉

「さっき青砥健介が入ってくる前に、受付のお嬢さんが立ちあがったじゃない。何か合図があるんだろうと思って、手もとを見てみたんだよね。そしたらモニターに、社長の行動予定が出るようになっててさ。今日のぶんだけは読み取れた」

なんだかんだ言って、ウラタロスはただの嘘《うそ》つきの女好きじゃないのだ。

●

「○○経済新聞の、えーっと……？」

「はーい、○経の尾崎正義《せいぎ》です。今回は取材、よろしくお願いしまーす。こちらはアルバイトの良太郎君と、カメラマン助手見習い未満の三浦イッセー君」

「よろしくお願いします」

「だれが助手見習い未満だ！」

その日の夕方。ぼくらは、駅ビル地下の工事現場で青砥さんと顔を合わせていた。

アポを取りつけたのはぼく。

正確に言うと、アポを取りつけたんじゃなくて、すでにあるアポに割りこんだのだ。ウラタロスが○経の記者に電話して、青砥さんとのアポがキャンセルになったと嘘を伝え、その替え玉にぼくたちが収まったというわけ。

作戦を聞いて、尾崎さんはちゃっかり○経の名刺までこしらえて、この場に挑んでいた。

〈あーあ。脇が甘いよねぇ。名刺なんか渡しちゃって〉とウラタロス。

〈えー名刺ダメ？　ぼくも名刺渡してみたーい〉とリュウタロス。

〈ダメダメ。物証残したら、身分詐称《さしょう》で訴えられたとき不利になるでしょ。覚えておくといいよ〉

〈リュウタ、こんなサギ師の言うこと聞いたら、まっとうなオトナになれへんで〉とキンタロス。

〈…………〉とモモタロス。

三人がひっきりなしに、ぼくの中で騒ぎ続けているのにひきかえ、モモタロスはいつになく沈黙を守っていた。

現場に着いてからはひとことも口を利《き》いてない。それどころか、ミルク・ディッパーを出てから、ずっとモモタロスの声を聞いてない気もする。

不審な事件の気配がないか、じっと目を光らせているのかもしれないし、もしかしたら本当に《魔犬》が怖くて身をすくめてるのかもしれない。

モモタロスの様子より、青砥さんだ。

伝説の投資家で、一大企業グループの総帥っていうから、どんな立派な人かと勝手なイメージをふくらませていたから、ちょっとびっくりした。

改めて見ても、その小柄さが際だつ。

《未来を知る男》なんて仰々しいキャッチフレーズから想像していたような、すべてを見通す鋭い眼光なんてものもない。先ほど会社のロビーで見かけた子犬はさすがに連れていなかったけれども、子犬を抱いているほうが似合うような、おとなしい感じの老人なのだ。

いざ青砥さんに直接会って、ぼくは若干困惑していた。

今回みたいな強引なアポの取り方は、普段のぼくであれば、よしとはしなかっただろう。本来の記者さんたちに迷惑がかかるのは、あとで謝るとしてもだ。けれども青砥さん本人を見ていると、なんだか拍子抜けしたような気持ちになる。

尾崎さんや三浦さんも似たり寄ったりみたいだった。

とくに三浦さんは、ミルク・ディッパーに駆けこんできたときのようなテンションのかけらも残ってなかった。さすがの三浦さんも、さっきの子犬を見て（これが魔犬？）という疑いがきざしてしまったのかもしれない。

取材というふれこみで来たのにもかかわらず、ぼくたちが話を切りだしかねていると、

「悪いが」

と青砥さんのほうから口火を切った。

「私は、こういうインフラ事業に興味はない。そういう話を聞こうとしてるんならばだが」

「で、でも、すごいですよね～。ここみたいな地下鉄十四号線――環八《かんぱち》の下だからエイトライナーって言うんでしたっけ、それに東京ワールドタワー。風呂敷を広げすぎて長らく頓挫《とんざ》していた計画が、やっと前に進みだしたのは、青砥さんが投資に乗りだしたからこ

そって、もっぱらの噂ですよ～」

「仕方なくやってるだけだ。もしかしたら、未来がつくれるかもしれないしな」

未来を、つくる――？

ありふれた表現ではあるけれど、ちょっとひっかかった。

尾崎さんも同じだったらしい。

「《未来を知る男》なんて言われてる青砥社長が、今度は未来をつくる！　おもしろいですね～」

「私にはもう未来など見えん」

「もう……？」

もう、って何だろう。

尾崎さんはさらっと流して、取材のふりをはじめた。ミルク・ディッパーを含むエリアの再開発に、青砥さんがどれほど関与していて、具体的にどこまで計画が進んでいるのかを探ろうとした。やっぱり尾崎さんの興味も、本業よりその辺にあったらしい。

ただ、ぼくの頭はぐるぐると空回りしていた。

「ちょっと聞きたいんですけど」

尾崎さんが質問するのに割って入った。

「さっきのお話、青砥さんには、もともと未来が見えていたということですか？」

「そんなわけないだろう」

「でも、さっき『もう未来なんか見えない』って……」

「それは――」

と、青砥さんが答えかけたとき。

たったたったたったった。

目の前を、子どもが走って通過した。

小さな男の子だ。はだしで、浴衣のような着物を着ている。

ちょっとした違和感。

ちょっとした異変。

子どもは角を曲がり、見えなくなった。

「なんで子どもが工事現場に入ってる？　危ないじゃないか」

イラッとしたように青砥さんが言うと、脇に控えていた秘書らしきマッチョさんや、作業員の人たちが、子どもの走り去った方角に向かおうとした。

そのときだ。

「魔犬だ！」

「魔犬が出たッ！」

工事の人たちが奥のほうからわらわらと駆けてきた。

いった。

「なに、魔犬⁉」

勇み立ったのは三浦さんだ。

手にしていたデジカメを放りだし、人々が駆けてくる方向に、流れに逆らって駆けていった。

「三浦君っ！」

尾崎さんが悲鳴をあげたのは、たぶん、床に放りだされた自前のカメラの無事を気づかってのことだと思う。

でも、尾崎さんも一瞬ためらってから、三浦さんを追って走りだした。

もちろんぼくもだ。

ぼくたちがいたのは、やがて地下スーパーマーケットになるはずの空間だった。剝《む》き出しの鉄骨のようなものが張りめぐらされていて、足場もまだ鉄板で覆われている。明かりも、天井や壁のところどころに仮設の電球がとりつけられているだけで、足もともおぼつかない。

それでもぼくは懸命に三浦さんと尾崎さんを追いかけた。

・二人が鉄板を踏みしめるガンガンッという音が地下空間に響く。
やがてその靴音が止まった。

ぼくも必死で追いついた。

空中に、ボウッと火が浮かんでいた。

鬼火――。

そんな言葉から思い浮かべるような、小さな火じゃない。火の玉がぐるぐる回転しながら空中をたゆたっていた。

火の玉の中に、シルエットが見える。

犬だ。全身の毛を逆立てたその犬のシルエットは、牛くらいもある。

魔犬。

「悪霊退散《あくりょうたいさん》ッ！」

三浦さんが、備えてきたらしい御幣《ごへい》を振りかざして叫んでいた。

もう一方の手でぱっぱっと白い粉を振りかけはじめた。どうやら塩らしい。

その眼は、獲物を見つけた猛禽類《もうきんるい》みたいにギラギラと輝いている。

魔犬がゆらっと後退したのは、あたかも三浦さんの勢いに気圧されたようにも見えた。

「行けるぞ。もう少しだ！　悪霊退散！」

「退散させないでよ三浦君。まだ写真撮ってないんだから。カメラカメラ！　なんで捨ててきちゃったのさ！」

尾崎さんが悲鳴のような声をあげながら、ケータイをカメラモードにしようとバタバタあがいていた。

しかし、尾崎さんがカメラを起動させられることはなかった。

後ろからガンガンッと靴音がして、追いかけてきた人たちがガッと二人の肩をつかんだからだ。

「何してる！　火が出たら退避《たいひ》だ！」

「あれがただの火に見えるか！　魔犬だぞ。やっとホンモノの魔犬に出会えたんだぞ！」

「おまえら、やっぱり○経の記者じゃないな？」

言ったのは、青砥さんの秘書の人だった。

「引きずりだせ！」

秘書の人に指示された作業員たちが、わらわらと尾崎さん三浦さんを羽交い締めにする。

もちろんぼくにも手が伸びる——と、

「魔犬を追うで、良太郎！」

自分の口がそう言うのを聞いた。

ぼくは、屈強な作業員たちの手を軽々と振り払い、前へ出た。

魔犬がすーっと角を曲がって地下通路のほうに消えていくのを追って、走りだした。先ほどまでは足もとを一歩一歩確認しないと歩くのもおぼつかなかったのを、飛ぶように走っていく。

〈あれってイマジン——？〉

〈イマジンには見えへんな。モモの字ならニオイを嗅ぎ取れるかも知らんが、こういう肝心のときにちーとも出てこん〉

ぼくの体を支配したキンタロスは、鬼火を追いかけて走る。

通路を抜け、いずれ階段かエスカレーターが設置されるのだろう斜面を駆け下り、エレベーター用と思われる縦穴を何メートルも一気に飛び降りた。

やがてぼく——ぼくたち——は、ドンッと開けた空間に出た。

楕円形《だえんけい》の大きな空間のむこうに、丸い横穴が二つ開いている。おそらく、エイトライナーの新しい駅になる場所だ。鉄骨がぼんやりとホームの形をつくっている。やがてコンクリートが充塡《じゅうてん》され、プラットホームになるのだろう。

魔犬は、プラットホームの上に浮かんでいた。

全身を包んでいた炎はだいぶ薄れていて、ほとんど犬の形になっている。

「追いつめたで。ここから先は、どっちに逃げたって一本道や」

ぼくは、するすると鉄骨をのぼって魔犬に近づいた。

「さあ、つかまえたる——」

そう言って、魔犬に手を伸ばした。

〈冷たい！〉

さっきまで燃えていたのに、手を近づけると、逆に氷のような冷気が当たるのを感じた。

その冷気に当てられたように、ぼくの手は凍りつき、全身の毛という毛がぶるっと逆立つのを感じた。

〈モモタロス――？〉

ずっと沈黙していたモモタロスが、ぼくの中で、戦慄しているのを感じた。

ぼくの目を通じて、モモタロスが見たものを、ぼくも見た。

魔犬の目。

暗闇の中で、目だけが炯々《けいけい》と光を放ってこちらを見返している。

片方の目は赤く、もう片方の目は緑に――。

それは生き物というより、地下の闇そのものが敵意をはらんで見つめ返しているような、禍々しい気配を放っていた。

いつもなら動物を見かけるたびに騒ぎ立てるリュウタロスも、ぼくの中で息を呑《の》んでいる。

左右で色の違う瞳。ぼくたちはじっと見つめ合いながら、身動きもできずにいた。

どれくらいの時間が経ったろう。五分？　十分？　それとももっと短い時間？

やがて、瞬きした瞬間に、かき消すように犬の姿が消えた。闇から生まれたものが、また闇に戻ったように。

ぼくたちは、魔犬がいなくなってもしばらく身動きが取れなかった。

闇の中のどこかで、ウォンと地鳴りのように犬の吠《ほ》え声が聞こえた気がした。

3 未来を知る男

「たいへんおもしろい話ですねェ」

オーナーは、チャーハンを口に運んだ。

「じつにおもしろい」

「おもしろがってんじゃねーよ、オッサン。魔犬だぜ魔犬。あんな化け物、早ぇとこナントカしないと――」

「その魔犬とやらから、イマジンのニオイがしましたか?」

「おう。びんびんに感じたぜ。あの犬野郎、イマジンのニオイをぷんぷんさせやがってた」

「モモタロス君」

まるでチャーハンに大粒のコショウでも入っていたかのように顔をしかめるオーナー。

「嘘《うそ》は、別のだれかさんの専売特許だったはずですが」

「くっ……」

モモタロスは口ごもった。ぼくの口で。

●

地下のプラットホームで魔犬と出会ってから、ぼくはすごすごと引き返した。

イマジンたちも頭の中に引っこんで、無言を貫いていたから、飛ぶように駆けぬけてきた道を引き返すのは大変だった。助けを求めようにもケータイも通じないし、作業用のエレベーターの操作なんかわからない。

ほうほうのていでもとの作業場にたどりついたときには、もう尾崎さんも三浦さんもとっくに追いだされ済みとのことだった。

外に出て尾崎さんのケータイにかけると、あわてた声で、「あっ、ごめんね～良太郎君。一人で帰れるよね？　近いから」

――「ごめん」は、「ごめん忘れてた」の意味なんだろうなと、少しだけ淋《さび》しい思いも感じながら、ぼくは腕時計を見た。

時刻は夕方の五時ちょっと前を指している――五時五分五秒まであと少し。

秒針が五時五分五秒ちょうどを指したタイミングに合わせて、ぼくはパスをかざしながら手近のドアを開けた。

ドアのむこうは『時の駅』。

ちょうどデンライナーが入線してくるところだった。

「本日も定刻運行にご協力いただき、ありがとうございまーす」

客室乗務員のナオミさんが、プロフェッショナルな笑顔でぼくを迎え入れてくれる。

デンライナー。

過去と今と未来を往き来する、時の列車。

タイムマシンみたいに便利なものじゃない。好きな時間に乗り降りできるわけでもない。《ゾロ目の時間》……五時五分五秒とか、十七時十七分十七秒とか……そういう時間に一時停車するだけ。

それでも、ぼくはデンライナーが好きだった。

どこか別の時間に行けるからというより、その車内が。ここだけは、ぼくとぼくたちに居場所を用意してくれている。

でも、《魔犬》の一件はオーナーの興味をあんまり引かないようだった。

「魔犬だろうと何だろうと、犬は犬。犬ごときに大騒ぎするのはくだらないとは思いませんか？」

オーナーの悠揚《ゆうよう》迫らぬ口ぶりを聞くうちに、すっかり気が高ぶっていたぼくも、興奮が冷めてくるのを感じた。

オーナーが、驚くところを見たことがない。チャーハンをスプーンでよそって山が崩れたときに、「あっちょんぶりけ」みたいな顔をするだけだ。

それこそ本家《未来を知る男》だからなのか、単にこういうキャラクターなのか。

「ウラタロス君たちはどうなんです？」

と聞かれ、ウラタロスたちがてんでバラバラにぼくの口からしゃべりだした。

「釣られたかな？　と思わないでもないけどさ――」

「犬は犬でも、ただの犬とは思われへん――」

「きっと妖怪《ようかい》だよー。ぼく妖怪退治するー」

「妖怪。愉快ですねェ」

オーナーはおもしろそうに笑った。

「良太郎君の時間には、もう妖怪なんて存在は絶滅しているかと思っていましたが。良太郎君はどうなんです？」

いきなり振られ、ぼくはちょっとだけ口ごもり、

「ぼくも……ただの犬じゃないとは思います。それに……」

「それに？」

「青砥健介って人にも興味があります」

自分で言って気づいた。

そうだ。ぼくは青砥さんに興味を引かれてるんだ。

「《未来を知る男》って言われてる人なんです。その人のところに魔犬が出る。その直前には、着物の子どもが出ました」

「子ども」

「あれも、今にして思えばただの子どもじゃなくて、それこそ座敷わらしみたいなもの

だったような……」

〈やっぱ妖怪だよ妖怪！〉

リュウタロスがまたぞろ騒ぎ立てるのを抑えこみ、

「青砥さんて人の周りでおかしなことが起こってるのは間違いないんじゃないかと」

「未来を知る男……青砥健介」

オーナーはマジックみたいにひらりと新聞の一ページを取りだして読みはじめた。

「青砥健介、投資家。良太郎君の時間では、ウォーレン・バフェットやジョージ・ソロスをさえ上回ると言われて、時代の寵児《ちょうじ》になっているようですね。ほう？」

オーナーは紙面の一角に目をとめた。

「頓挫《とんざ》しかけていた東京ワールドタワー構想が、無事に着工できたのは、彗星《すいせい》のごとく現れた青砥健介の投資に帰するところ大であったとありますが――？」

「たぶんそうだと思います」
二、三年前、急にワールドタワーの計画が進みだして、大きな話題になった。青砥さんの名前をメディアでもさんざん見かけた気もする。
「ふむ」

皿の上にアクロバティックに盛られたチャーハンの山。

オーナーはその山をスプーンでつつきながら、ワールドタワーに思いをはせたようだった。

高さ一キロを超える、世界最大のタワー。まだ下のほうしかできていないけれど。完成したらスカイツリーも東京タワーも色あせるだろう。

「ひとつひとつはちっぽけな出来事でも、塵《ちり》も積もれば山となる。逆に、大きな山が崩れるのもまた、ちっぽけな出来事からかもしれませんねェ」

スプーンが、チャーハンの山からすくいとった。

ほんの小さなかけらを。

たちまちチャーハンの山は崩れ去った。

「ハナ君」

「はい」

奥の席でじっと話を聞いていた乗務員のハナさんが、すらりと立ちあがった。

その名のとおり、パッと大輪の花が咲いたように車内が明るくなる。

「青砥健介、興味深い人物のようです。探ってみますか?」

「わかりました」

言葉少なに答え、ぼくに向かって指を振った。

「良太郎が言うことなら。バカモモの鼻なんか、これっぽっちも信用ならないけど」

「ひとこと多いってんだよ、ハナクソ女」

ぼくの口がすかさず迎撃する。と同時に、ハナさんの強烈なパンチがぼくを張り倒していた。

「あっ、ごめん、良太郎」

大輪のひまわりのような見かけにだまされてはいけない。

ハナさんは武闘派なのだった。

●

ぼくたちは、青砥さんに再度の接触を試みた。

今度はどうやって——と考えるまでもなかった。

先方から電話がかかってきたのだ。それもミルク・ディッパーに。

デンライナーから姉さんの店に戻ると、「青砥さんが、良ちゃんを訪ねてくるって」と姉さんが言付かっていた。

なぜ⁉

〈ウラタロス、また何かした?〉

〈したかったのは海々《うみうみ》なんだけどねえ、残念ながらまだ何も〉

「海々」というのは「山々」の言い換えらしい。

ウラタロスの策略でもないとなると、なぜ青砥さんのほうからやってくるのか見当もつかない。どうしてぼくの連絡先がわかったのかも。

でも、マークしたいと思っていた相手に、ぴったりマークできるチャンスがむこうから飛びこんでくるなんて、こんなおあつらえ向きの話があるだろうか。

まずは先方の出方を待つしかない。

というわけで、ぼくとハナさんは朝の開店前から所在なげに店内で待っていたのだった。

ガチャリ。

ミルク・ディッパーのドアが開く音がした。

青砥さんのことばかり考えていたものだから、ぼくは瞬間的に緊張した。

息を呑《の》んで、ドアのほうを見つめる。

……入ってきたのは侑斗《ゆうと》だった。

ぼくの戦友にして、ちょっと、一口では説明できないような存在。

侑斗はぼくの視線を意にも介さず、カウンターのむこうの姉さんにちらりと目をやった。

「あら桜井《さくらい》君。今日は早いわね。何にします？」

姉さんが愛想よく声をかけた。

「何、って……」

侑斗がちょっぴり鼻白んだ。ほとんど表情を変化させなかったけれども。

そのとき、侑斗の目がかすかに緑色に光り、ややカン高い声で饒舌《じょうぜつ》にしゃべりだした。

「だってこないだ、侑斗のための新しいブレンドを完成させたから、朝一番で来てくれって約束を……」

デネブだ。

彼の中にいる《声》。

ぼくの中にモモタロスたちがいるように、侑斗の中にもデネブというイマジンが棲《す》んでいる。

「〈よけいなこと言うな〉」

苦々しい顔をした侑斗は、自分で自分にツッコミを入れた。もちろん、姉さんに気づかれないように。

「そうだった？　ごめんなさい。自信持って試してもらえるようなブレンドは、まだできてないの。今日は中間報告でもいいかしら。まだバランス悪いんだけど」

「それでいい」

ぶっきらぼうに言い放った侑斗は、最近はすっかり彼の指定席と化しているテーブルに座った。姉さんには背を向けて。

上機嫌でコーヒー豆の焙煎《ばいせん》をはじめた姉さんを、侑斗は見ようともしない。

ハナさんが「何？」という顔でこっちを窺《うかが》う。

ぼくだって気になるけれども、それどころじゃない。青砥さんがもうすぐやってくる——。

姉さんの《中間報告》が淹《い》れられる前に、その時は来た。

ドアを開けて入ってきた青砥さんは、やっぱり着こなしがおかしいスーツを着て、やっぱり子犬を腕に抱いていた。

「いらっしゃいませ」

と笑顔で迎えた姉さんが、すかさず言い添える。

「ワンちゃんは遠慮してもらえるかしら？」

「え？」

青砥さんが意外そうに聞き返し、自分が子犬を抱いているのをびっくりしたように見た。無意識のうちに店に持ちこんでいたみたいだ。

「ワンちゃん、はじめまして。ごめんなさいね、あとでおいしいミルクを持っていってあげますから。もちろん牛乳じゃなくて、山羊《やぎ》のミルクですよ」

姉さんは言い添えた。

青砥さんは無言のまま、秘書の人に子犬を手渡した。すやすや眠ったままの子犬は、たくましい腕へと引き取られ、店の外へ連れていかれた。

青砥さんが「え？」となったのは、おそらく自分自身に異を唱える人に最近出会っていなかったからじゃないだろうか。姉さんを見つめる目が、意外そうな光を放っていた。

「ミルクは要らない。すぐにおいとまする。私はこれで忙しい身なのでね」

せかせかとぼくのほうに向き直り、

「良太郎君だったっけな。君たちの忘れ物だ。届けに来た」

と、差しだしたのは、昨日、三浦さんが落としていったデジカメだった。

え……。

「ありがとうございます。けど、どうしてここが?」

尾崎さんが渡したニセ名刺にもどこにも、ここの場所がわかるような手がかりはないはずだった。

青砥さんは、ニヤリとなった。

「カメラを再生してみるといい」

言われて、デジカメを再生モードにしてみた。

尾崎さんが隠し撮りしたらしい、店の写真の数々。メインは姉さんだけれども、ぼくが写りこんでいる写真もいくつかあった。

「君のお姉さんは、このあたりじゃ有名人だからな」

青砥さんは、姉さんのほうを軽く見やってから、改めてぼくに向き直った。

「自称○経の記者さんたちにもよろしくな」

「えっ……」

「では」

青砥さんは一瞬、何かを言いたげな視線をちらりとぼくに投げてよこし、踵《きびす》を返した。

そのまま店を出ていった。

マッチョな秘書の人が後を追う。

結局、青砥さんたちは座りもしなかった。まるで最初からだれも来なかったような静寂が店を支配した。

いったい何のために来たんだろう？　デジカメを届けるためだけに？

つと侑斗が立ちあがり、

「尾《つ》ける」

言い残して店を出ていった。

事情は知らないはずだけど、何かを察したのだろう。こういうときの侑斗は本当に頼りになる。

ハナさんが聞こえよがしに大きなため息をついた。

「なんでなんにも聞かないのよ」

青砥さんから呼び出しがあったのは、その直後のことだった。


「良ちゃん、スーツ似合うじゃない。カワイイ！」

姉さんが手を叩いて喜んだ。

スーツなんて成人式以来のことだ。もっと正確に言えば、成人式のためにスーツを仕立ててもらったはいいけれど、当日大熱を出して寝こんでしまい、結局スーツ姿をお披露目《ひろめ》する機会はなかったのだから、事実上これがスーツデビューってことになる。

〈カワイイって……〉

鏡を前に呆然《ぼうぜん》と立ちつくしているぼくの、内心の声を、イマジンたちは聞きのがさない。

〈七五三、ってことだよねえ、やっぱり〉

〈七五三、やな〉

〈えー七五三いくのー？　ぼくも行くー！　千歳《ちとせ》あめほしー！〉

リュウタロスがダダをこねはじめる。

カオスだ。

「やっぱりやめるよ」

気後れしてジャケットを脱ぎはじめたぼくを、怖い顔をしたハナさんが制す。

「ダメよ。絶好のチャンスをのがす気？」

「はい……」

ぼくはしゅんとして、もう一度ジャケットに袖を通した。

こんな七五三を演じるハメになったのも、またカオスな出来事だった。

「良ちゃん、青砥さんから電話よ？」

青砥さんが出ていってほどなくして、店に電話があった。

「ぼくに？」

いぶかりながら電話を替わったぼくの耳に、先ほどとはうってかわって陽気な青砥さんの声が響いてきた。「良太郎君か？　さっきは失礼。じつは折入って相談したいことがあってね」

「相談？」

「君を雇いたい。私の使用人として。いや、秘書として」

「ええっ⁉」思わず大きな声をあげてしまったらしい。姉さんと、そろそろ集まりかけていた店内の常連さんがぼくのほうを振り向いた。

ぼくはあわてて送話口を手で覆い、「どういうことですか？　ぼくを雇いたいなんて」

「電話ではなかなか……ね。一度会って話さないか。これから出てこれるかな。私は昼まで△□にいるから。待ってるっスよ」

言い切って、電話は切れた。
△□は、理髪店の名前らしかった。青砥さんの行きつけか、彼のグループが経営している店か。
いずれにしても、そんな遠い場所じゃない。自転車ならすぐだ。

どういうことだろう？

受話器を姉さんに返し、混乱する頭で振り向いたとたん、鼻息を荒くしているハナさんと目が合った。

「青砥健介から仕事のオファーがあったの？　そうなのね？」

「う、うん。仕事のオファーっていうか、秘書に雇いたいとかなんとか……」

「うってつけじゃない！」

ハナさんはすっかり興奮していた。

「こういうのを千載一遇《せんざいいちぐう》って言うのよ。青砥の秘書に収まれば、ぴったりマークできる」

「で、でもなんでぼくに」

「そんなの本人に聞かなきゃわかるはずないでしょ。さ、仕度仕度！」

「でも」

と渋るぼくに、頭の中のイマジンたちが追い打ちをかけてくる。

〈青砥健介の秘書って、あのムキムキ男みたいのでしょ。良太郎じゃ、どう考えたって釣り合わないよ〉

〈最初『使用人』言うてたで〉

〈ブラック企業って噂だもんねぇ〉

〈ていよく雇って、あとは夜も昼もなく死ぬまで働かされるんかもわからへんなあ〉

〈良太郎、君子《くんし》危うきに近寄らずだよ。近寄るべきなのは女の子だけ〉

と、ウラタロスとキンタロスが反対するのに対し、モモタロスは珍しくハナさんに賛成のようだった。

〈すかしたことほざいてんじゃねー。その、なんだ、ケツに入らねーと痔《じ》は治らないとか何とか言うだろ〉

〈下品だなあ先輩。それを言うなら『虎穴《こけつ》に入らずんば虎子《こじ》を得ず』〉

〈だいたい合ってんじゃねーか。敵の懐に飛びこまなきゃ、何事もはじまりゃしねーんだよ〉

モモタロスの言いぐさは乱暴だけれども、中味は言ってるとおりだと思った。

青砥さんをマークしたいと思っていた矢先に、むこうから格好のチャンスが飛びこんできたのを逃す手はない。「なぜぼくに」とか、「なぜさっき直接言わなかったのか」とか、不審な点もあるけど、ハナさんの言うとおり、本人に確認すればすむ話だ。

「青砥さんに会ってみるよ」

と、ぼくは決心した。

〈それでこそ良太郎だぜ！〉

〈ワーイ、またワンちゃんに会えるー！　ワーイ！〉

〈ウ……そうか犬がいやがった……〉

と、ぼくを焚きつけたモモタロスはたちまちトーンダウンしてしまった。

これでは、モモタロスはいざというときの役には立ちそうもない。一瞬不安にかられたぼくだったが、そんなぼくの不安を見透かしたように、ハナさんがぼくの肩を叩いて、

「大丈夫よ。青砥は侑斗がきっちりマークしてくれてるはず。私も侑斗に合流して掩護《えんご》するから」

と強くうなずいてみせた。

それで、ぼくは青砥さんのもとに出かけることになったのだけれども、参ったのは、姉さんが押し入れから大事そうにスーツを出してきたことだ。

「姉さん、おおげさだよ。まだ決まったわけじゃないんだから」

あわてて断ろうとしたぼくは、姉さんのキラキラした瞳を見てハッとなった。

強く期待している目だ。

「お仕事の面接に行くんでしょ。こういうときこそ、バシッと決めなきゃ。良ちゃん、ちゃんとした格好したらカッコいいんだから」

「姉さん」

「青砥さんなら、きっといいお仕事よ。あの人はちょっと変わってるけど、いい人ですからね」

姉さんはにっこりしてみせた。

彼女がどこまで会話を聞いていたのかわからないけれど、ぼくはちょっぴり、その瞳の輝きにまぶしさを感じていた。

高校を三年生の一月に辞めてから、ぼくは定職というものについたことがない。

最初は姉さんとあの人のことがあり、次には電王《デンオウ》のことも加わって、自分が長く働くなんて考えたこともなかった。

ずっと、このままでもいいと思っていた。というかむしろ、このままの暮らしが続いてほしいと思っていた。

けど、姉さんはそうじゃないのだ。

ぼくは、姉さんが、この《ミルク・ディッパー》でにこにこしていてくれたらなんの文句もない。けど、姉さんは違った。ぼくがずっとこのままでいいとは思ってない。もしかしたら、この店のことについても……。

ただ、ぼくが仕事に就くことについて、姉さんが期待をかけてくれているのだとしたら、ぬか喜びになってしまうだろう。青砥さんのもとで当面働くことになったとしても、彼をマークするための方便にすぎないのだから。用事がすんだら仕事を辞めて、またフリーに戻ることになる。

「さ、良太郎。もう出なきゃ」

ハナさんがうながす。

ぼくは、足を踏みだしながら、ちょっと足もとがふらつくのを感じていた。それは、着なれないスーツのせいばかりではなく。

ドア口で振り返ると、カウンターの奥から、姉さんが手を振ってくれる。

ここ何年も見慣れた光景。

ぼくはいったい、あとどれくらいこの光景を見られるのだろう?

●

指定された理髪店にたどりついたときには、青砥さんから電話があってから優に一時間以上は経っていた。

ごく普通の理髪店だ。《床屋さん》という呼び名が似合うような。赤と青のストライプが回るポールが少し欠けている。

自転車を停め、軽く汗を拭いて店に入ろうとすると、後ろから肩をつかまれた。

侑斗だった。

「こいつを持ってけ」

と、何かをぼくの手に押しこんだ。

「何？」

「スマホ。念のためだ。GPSがついてて、いざってときはパソコンから追える」

「スマホ？　GPS？」

「野上……言っとくがおまえの時間の機械だ。俺の時間だとケータイさえ普及してないんだけどな」侑斗は軽くため息をつきながら、こんな程度であきれてたら身が持たないと思いなおしたらしく、それ以上はツッコミを遠慮してくれた。「黙って持ってろ」

「ありがと」

ぼくは素直に受け取りながら、不安がつのるのを感じた。

ぼくがここに来ることを、侑斗がハナさんから聞いたのは明らかだ。けど、どう聞いたのだろう？　青砥さんに会うだけのことに、危険がともなうと二人は考えてるのだろうか？

ハナさんが「掩護する」みたいな物騒な言葉づかいをしたことも、いまさらながら思い返される。

　ぼくは不安を抑えながら、思いきって理髪店のドアを開けた。

　外からもちらっと見えたとおり、青砥さんは中央の椅子に寝そべってヒゲをあたってもらっていた。

「青砥さん」

　と声をかけようとすると、またしても「おい」と肩をつかまれた。

　今度は横から。

　入り口際の待合席にいた、マッチョな秘書の人だった。

「あんた――さっきの店のボーズか」

「ボーズじゃありませんけど」

「何しに来た」

「青砥さんから、ここに来るようにって言われて……」

「社長から？」

　秘書の人は、ぼくの顔を見たときもいぶかしげな顔をしていたけれども、青砥さんの名前を聞いて、ますます怪訝《けげん》な表情になった。

「社長」

「聞こえてる」

青砥さんは、椅子に寝そべったまま、目も開けずに答えた。

「私はそんなことは言ってない」

「え？　でも、さっき電話で——」

「電話はかけてない」

「でも、ぼくはたしかに青砥さんと——」

「私が自分から電話をかけたのは、五年前が最後だ」

青砥さんはニベもなかった。

秘書の人が、やれやれと苦々しい表情に変わった。彼の考えていることが手に取るようにわかった。だって彼からしてみれば、昨日のニセ取材がバレたのに性懲《しょうこ》りもなく、まあた青砥さんに近づこうとしている不審人物にしか見えないだろう。

彼のスーツの胸もとがすっと張った。

ぼくはこの現象を何度となく見てきた。あまりある筋肉にモノをいわせて、ぼくをつまみだそうとする前兆だ。

ぼくは観念して、目をつぶった。

が、

「そりゃねーんじゃねえのか、え？」

ぼくの口から飛びだしてきたのは、思いがけずモモタロスの言葉だった。

「用事があるって言うから、わざわざ出向いてやってんじゃねーか。そっちが電話なんかしてねーってんなら、だれが電話してきたってんだよ」

「だから私は電話などしてないと——」

「だったらどうして俺たちがこんなとこ来なきゃいけねーんだ。来いっつーから、汗水垂らして来てやってんのによ。こっちはこんなとこに用事なんかねーよ。しかも似合いもしねー背広なんか着せられちまって。七五三だよ、七五三。まったく」

〈七五三はよけいだと思うよ……〉

「なるほど」

青砥さんが目を開けて起き上がった。

期せずして、おもしろがるような色が浮かんでいる。

「たしかに、君がこの場所に来たのは偶然でもなさそうだ」

「さっきの店から尾けてきたのかもしれませんよ」秘書の人がむすっと指摘する。

微妙に図星でもありドキッとした。

侑斗がマークしてるんだから、知ろうと思えば青砥さんの居場所は知ることができた。もちろん侑斗が尾行に感づかれるようなヘマをやるはずもなく、秘書の人の当てずっぽうには違いないのだけれど。

青砥さんは笑って首を振った。

「それはないな。尾行するにしては、この七五三はないだろう。だれに着せられたんだい、その七五三は」

「だれって、ねーちゃんに決まってんだろ」

「何のために」

「面接だからってよ」

「面接？　私と、か」

「だから、そっちが雇いたいっつーから来てやってんだって」

「雇う？　私が良太郎君を？　ほう、どんな仕事で」

「どんなって……なんだっけな……そうそう、使用人だよ使用人！」

〈あちゃー。言っちゃったよこの人は〉

〈自分から使用人言うか〉

〈モモタロスのばーか！〉

固唾《かたず》を呑《の》んで推移を見守っていた他の三人が一気にしゃべりだした。

「い、今のナシ！　秘書だ秘書。たしか秘書って言ってやがった」

「使用人じゃなかったのか」

おもしろがるような色を浮かべていた青砥さんが、ついにぷっと吹きだした。

「なかなか愉快だ。だが、秘書にせよ使用人にせよ、私は君みたいに口の利き方を知らない子を雇うつもりはない。面接は終わりだ。お姉さんのところに帰って礼儀作法を教えてもらえ」

「てめーというやつは……」

カッカ来たモモタロスは、また、突拍子もないことを言いだした。

「どこまでも俺を門前払いしてーんならな、俺と勝負してからにしやがれってんだ！」

「勝負？　若い君と、私みたいな老人がか」

「腕ずくで来いとは言わねーよ。おまえ、《未来を知る男》とかなんとか言われてるそうじゃねーか。もしホントにそうなら、そいつを見せてみろって。サイコロでも馬でも何でもよ！」

〈いきなりバクチかいな！〉

〈先輩、博才なんかないでしょおっ！　他の才能はもっとないけれど!!〉

〈モモタロスのばーかばーかばーか！〉

〈うるせえうるせえっ！〉

モモタロスは心の中で反論した。〈このまま手ぶらで帰るわけにゃいかねーだろが。こいつの秘密ってヤツのひとつやふたつは持ち帰ってやんだよ！〉

それがバクチ……。

苦しまぎれにしか思えなかったけれども、ぼくはちょっとだけ感心していた。

モモタロスは青砥さんにケンカを売ってるように見えて、じつはさっきからずっと辛抱強く食い下がってくれてるのだ。彼は彼なりに、ぼくに協力してくれようとしてる。

思いもよらず青砥さんは食いついた。

「サイコロでも馬でも、か。あいにく私は相場師でね。ギャンブラーじゃない。相場だったらいくらでも勝負に乗るがね」

「そのソーバってやつで勝負してやろうじゃねえか」

「ふむ」

青砥さんはちらりと壁の時計を見た。

時計は十時十分前くらいを指している。

「バイナリーオプションというやつを試してみるか？」

「おいなりさん……？」

「難しいことはない。単純な丁半《ちょうはん》バクチだ」

青砥さんは秘書の人に合図を送り、秘書の人が心得てパソコンを開いた。

デジタル時計のような数字の列が、ブラウザの中でちかちか瞬きをはじめた。

「現在の為替レートがこれだ。今、一ドルは○○円○○銭だな。これからドルは上がるか下がるか。上か下かだ。簡単だろ。どうする？　乗ってみるか？」

「乗った」

「そちらからどうぞ。上か下か」

「上だ上！」

ぼくが何かを考えるより先にモモタロスが口走っていた。「俺はいつだって上を目指してるからな！」

「上でいいんだな」

「くどい。上と言ったら上だ！」

「では私は下だ。ゴールは、一時間後でいいか？」

「一時間も待ちたくねえ」

「じゃ、二十分後で」

「よし」

「まだ掛け金を決めてなかったな。君が勝ったら、どうする」

「そうだな……俺の聞くことに何でも答えてもらうぜ。正直にな」

「それだけでいいのか」

「二言はねーよ。あんたが勝ったら？」

「私が勝ったら……使用人になってもらおう」

「使用人？」

「私の言うことに何でも従え」

「そりゃねーだろ。不公平だ」

「君がしかけた勝負だ。それにもともと、《使用人》は君の希望どおりだろ」

「ぐっ……」

あとは、じっと画面を見るだけだった。

パネルの数字がちかちかと瞬き、刻一刻と数字が変わっていく。

相場師というのが何をしている人なのかしらないが、こんなような数字の変化と四六時中つきあっているのだとしたら、目が回らないのだろうかと思った。

「よしよし、どんどん上がってくぜ！」

最初こそ退屈そうに数字のちかちかを眺めていたモモタロスの口ぶりがだんだん興奮してきた。

その興奮はぼくにも伝染する。

が、頭の片隅でぼくは考えていた。

青砥さんは『単純な丁半バクチ』と言ったけれども。

〈こいつ、『ギャンブラーじゃない』とも言っていたよねえ〉

ウラタロスも同じ不安を抱いているようだった。

〈うん。勝算がなかったら、こんな勝負を引き受けるはずがないよ〉

〈しかけがあるで、絶対〉

〈こんな単純なバクチにしかけも何もあるわけねーだろ〉

と、モモタロスは言いつつ、少しは不安に駆られたみたいで、秘書の人がパソコンに近づくたびに「触るんじゃねえ！」とクギをさしていた。

しかし、そんな不安をよそに、為替レートはおもしろいようにどんどん上がっていった。

「楽勝だぜ楽勝！」

モモタロスは得意満面な表情を隠そうともしなかった。

青砥さんと秘書の人は、能面のように無表情を崩さない。

そして――。

時計の針が十時を回ったあたりから、趨勢《すうせい》は変わった。

「待てよ、下がるな、下がるんじゃねえ！」

モモタロスが悲鳴のような声をあげる。

だが無情にも、数字はあれよあれよと下がっていった。

「ゴールだ」

青砥さんが時計を見て宣告する。

勝敗はあきらかだった。

スタート時よりも下。ぼくたちの完敗だった。

「…………」

「さ、使用人。いったい何をしてもらおうかね。ククク……」

「笑ってんじゃねーぞこのジジイ。てめえ、何かイカサマしやがったな」

モモタロスが怒って青砥さんのほうに踏みだしたのを止められなかった。

が、

「わん！」

足もとにじゃれついてきた小さな白いかたまりが、ぼくの足をぴたりと凍りつかせた。

店のどこかに潜んでいた子犬が、この騒ぎに加わりたくて出てきたらしい。

「…………」

モモタロスの心が真っ白になった。彼が前面に出ている状態で、いきなりこうなってしまったので、ぼくにも他の三人にもどうすることもできない。

そうとも知らず、ひとしきり笑った青砥さんは、再び椅子に体を横たえて言った。

「明朝、私の会社に来たまえ」

「…………」

「ただし、その七五三は着てこなくていい。ジェイドは気に入ったようだが」

「…………」

「今日は以上だ」

「………」

秘書の人に腕ずくで追いだされるまで、ぼくの体は棒のように硬直しっぱなしだった。

●

翌朝。

ぼくは再び青砥さんの会社のロビーにいた。

「やあ君、また会ったね」

「……ご用は……」受付さんの顔はモロ警戒心剝《む》き出しだ。

「ぼくとしてはキミに用があるんだけど、ごめんね、その前に青砥健介って人に呼ばれてさ」

「社長に？」

「へえ、キミの社長なんだ。だったら会ってあげてもいいかなぁ。野上良太郎が来たって伝えてよ」

「か、かしこまりました。少々お待ちくださ——」

「ちょっと待ってよ。その前に、大切なことを聞いておかなくちゃ」

「な、何でしょう」

「今日のキミのシフトは何時まで？　あと、何かあるといけないから、念のためにキミのケータイを……」

〈もういいよ！〉

さすがのぼくも水を差させてもらった。

「事前にいろいろ探りを入れておきたいからさ」とウラタロスが言うので、受付対応をまかせたのだけど、案の定というか……。

〈良太郎もちっちゃいねぇ。前回だってきっちり釣果《ちょうか》を上げたでしょ。どんな細かい情報も網ですくおうという深謀遠慮がわかんないかなぁ〉

〈細かすぎや。もう要らんわ〉

〈エビで鯛《たい》を釣るって言うじゃない〉

〈おまえは鯛でエビを釣るタチやろ〉

〈あれ、キンちゃん、意外とわかってるねぇ〉

〈ねえ二人とも、ホントもういいから〉

秘書の人が出迎えに来てくれて、ぼくは例の巨大な改札みたいなやつをくぐって建物に足を踏み入れた。

彼の名前が《津野崎《つのざき》》ということがこのとき初めてわかった。

津野崎さんがぼくを見る目つきは、あいかわらずうさんくさそうだ。けど、今朝はさすがにゲスト扱いとはいかないまでも、それなりに慇懃《いんぎん》な感じでエスコートしてくれる。ゲストというよりか、《使用人》なんだけれども。

何メートルあるのかわからないほど高い天井。ぴかぴかに磨きこまれた床。忙しげに行き交う、いかにもエグゼクティブっぽいパリッとした服装の人たち。

我ながら場違い感がすごくて、なんだか気後れしてしまう。

高層階用のエレベーターに乗りながら、ぼくは、ポケットのスマホがたしかにそこにあるか、もう一度確かめた。

侑斗のスマホ。

理髪店の会談のいきさつを聞いて、侑斗が懸念をいっそう深めていたのを思い出した……。


「おかしかないか？」

侑斗は首をかしげていた。

「野上は青砥健介に呼びだされたんだよな？　だが青砥本人にも秘書にも覚えがないと言う。ホントに青砥からの電話だったたか？」

「今となっちゃわかんないよ。うちの電話、ナンバー・ディスプレイじゃないし」

「ナンバー・ディスプレイ？」

侑斗はスマホは知ってても、ナンバー・ディスプレイは知らなかったみたいだ。

過去から来た人間なのに、ぼくよりもぼくの時間のことに詳しいような彼だけれど、一九九〇年代後半から二〇〇〇年代前半あたりの、侑斗の時間とぼくの時間のちょうど狭間にあったような出来事は、彼の知識からはすっぽり落ちている。

「青砥側に嘘をつく理由はないとして、じゃあだれが電話をかけてきたんだ。何の目的で」

「さあ」

「良太郎と青砥健介を両方知ってる人物っていうと、尾崎さん・三浦さんくらいしか思いつかないけど、目的がないわよねえ」

ハナさんも腕組みをして首をかしげた。

「……罠《わな》、か？」

侑斗がぽつりと言った。

「これ以上、青砥と接触するのはやめたほうがよくないか。電話の主が善意の第三者ってのは考えられない。狙いがなんであれ、野上と青砥を接触させようとした。顔の見えないそいつの思惑にうかうか乗ってしまうのはヤバいかもしれない」

「そうね」

ハナさんもうなずいた。

話の流れが、作戦中止に傾きかけていた。

それに異を唱えたのはぼくだ。

「ぼくは続けてみようと思う」

「野上、あのな」

「賭けに負けたからじゃないよ。どっちみち、青砥さんとは接触することになると思うんだ。青砥さんが姉さんの店を買収しようとしてるって話があるし」

「何だって？」

その情報は初耳だったらしく、侑斗がぴくりとした。けど、彼はそれ以上聞こうとはしなかった。

「それはそれとしても、ぼくはあの《魔犬》が何物なのか知りたい」ぼくは考え考え言った。「あれはただの化け物じゃないよ。イマジンとかとは違うけど」

〈イマジン以下のバケモンだろあんなもん！〉

〈先輩は魔犬以上だもんねえ。脳みそまで筋肉の、化け物の中の化け物〉

〈そうそう……ん？〉

頭の中で取っ組み合いがはじまった。

そっちはスルーして、ぼくは続けた。

「不思議なことが起こってるのはたしかなんだ。不審な点があったって、その中に飛びこまないと何もわかんないよ」

「……虎穴に入らずんば、か」

「モモタロスも同じことを言ってた」

〈言うてへん、言うてへん〉

取っ組み合いに参加してないキンタロスとリュウタロスが「ないない」のポーズをするのが目に浮かんだ。

「わかった。やってみろ。ただしスマホは肌身離すなよ」

納得してくれてから、侑斗は、おかしなことを言った。

「ところで、あのタワーは前からあったか?」

「あのタワーって?」

「あれだよ」

と親指で示したのは、東京ワールドタワーだった。

建設途中でも、すでに目もくらむような高さにそびえたっている。あと半年もすれば、高さはスカイツリーを抜くと言っていた。それでもまだ下半分にしかならないというのだから、完成したら、どれほどの威容になるのか見当もつかない。

「いつの間にかずいぶん高くなったけど、二年以上前からずっと建設してるよ」

「そうか」

「侑斗だって何度も見てるよね」

「そうだったかな」

侑斗は、まるで初めて見るような目で建設中のワールドタワーを眺めた。

いっしょにいる時間があまりに多いし、この時間についてあまりに詳しいもんだから、ぼくはときどき、彼が別の時間から来ている人間だということを忘れてしまう。けど、ぼくや姉さんみたいにこの時間の中で日常の暮らしを送っている人間とは、やはり物の見え方がちがうのかもしれない。

●

エレベーターのドアが開いた。

最高層階の窓のむこうに、東京の街を見下ろすパノラマが広がっている。

他のビル群を従え、建設中の東京ワールドタワーが際だった存在感で迫ってくる。

何キロと離れていないのだろう、思いのほか近い。

そんな光景に圧倒されながら、ぼくは、侑斗の物珍しそうな目を思いだしていた。

「北浦さん、ですか」

「そうだ。彼の店に潜入しろ」

青砥さんはうなずいた。

社長室というより、美術館の一室。

ぼくが招き入れられたのは、そんな印象の部屋だった。

ミルク・ディッパーが丸ごと二軒や三軒収まってしまいそうなくらい広々とした部屋。

中央には、巨大なテーブルが鎮座していて、天板のガラスだけでも、これだけ大きな一枚板のガラスがつくれるなんて想像もしてなかったほど。壁一面がモニターになってて、刻一刻と変化するグラフだの数字だのが表示されている。映画館のスクリーンより全然横幅がありそうだ。

秘書の人——津野崎さん——がテーブルに置いた資料の表紙にあったのが、北浦さんの名前だった。駅むこうの商店会の、副会長さんだ。

「見ろ」

青砥さんはテーブルの上のミニチュアを示した。

駅の周りの完成予想模型。

駅ビルを中心に、大通りに沿って両サイドにショッピングセンターやオフィスビル、ホール、空中公園などが広がっている。ミルク・ディッパーはもちろんのこと、今の商店街をすっぽり飲みこんでしまう壮大な計画だ。

「建設中のエイトライナーが完成したら、東京の動線は一変する。羽田《はねだ》～二子玉川《ふたこたまがわ》～赤羽《あかばね》まで直通だ。そして、東京ワールドタワーをシンボルとして、このエリアが二十三区西部地域の中心的副都心になる」

ちょうど東京タワーと赤坂・六本木、東京スカイツリーと上野・浅草みたいな位置関係に当たるのだろうか。

この壮大な計画を見ていると、ミルク・ディッパーなんて、ちっぽけな存在に思えてくる。完成予想模型の中に今のミルク・ディッパーを入れこむとしたら、それこそ針の先にもならないだろう。

「私の再開発計画を進めるには、あの商店街を買収しなければならない。すでに半分がたは不動産会社のほうで内々に片がついているが、もう半分もきっちり押さえたい。そこで、北浦について探ってほしい」

「でも」

ぼくは混乱した。

「北浦さんは、たしか商店会を束ねて、再開発に賛成するように説得して回ってる人ですけど」

「そう聞いている」

「うち――姉さんの店にもよくやってきて、計画に賛成してほしいって」

「らしいな」

「知ってるなら、なんで……。反対してる人だったらともかく、賛成してる人を探れっていうんですか」

「私は人のことは信用しない」

青砥さんは、資料をめくれと手ぶりで示した。

バインダーをめくると、一枚の写真がはさまっていた。

店の写真だ。『北浦酒店』と看板がある。北浦さんの店は、昔ながらの酒屋らしかった。

「もし北浦が本気で再開発計画に賛同しているのだったら、この時点でアルバイトなど募集するか？」

たしかに写真には『アルバイト募集』という張り紙が写っていた。

「…………」

どうもよくわからなかった。

計画に賛成しようがしまいが、バイトくらい募集したってよさそうに思える。近日中に立ち退きを予定しているからこその、店員募集じゃなくてバイト募集なのかもしれないし。

青砥さんは何を疑っているのだろう。

外の喧噪《けんそう》から切り離された静寂を、「ぱぷう」という調子っぱずれな音がかき乱す。白い子犬――《ジェイド》だっけ？　――が、音の出るボールをがじがじ噛《か》んで遊んでいるのだった。

「それって、北浦さんが賛成してるのには裏があるってことですか」

「さあな。とにかく北浦の店のアルバイトとして働いてみろ。何かつかめるかもしれん」

「ぼくに、青砥さんのスパイになれと」

「スパイ」

青砥さんは笑った。

「スパイというほどおおげさな役目でもあるまい。たかが酒屋のアルバイトだ。どのみち君は私の《使用人》だ。ノーとは言わさない」

「ノーとは言いません。でも」

「ノーじゃないならイエスだ。『でも』はない」

「っていうか……うちはまだ、青砥さんの事業に賛成するかどうか……」

「ああ」

青砥さんは渋い顔に戻って言った。

「君と君の姉さんとは別人格だ。その辺は切り離していい。とはいっても、私の事業にまるっきり反対だったら、そもそも君の姉さんが君を私のとこに寄こさないだろうとも思うが。たしか、昨日のふざけた七五三は、君の姉さんの差し金だと言っていたな」

「わかりました」

ぼくは観念して、青砥さんの言いつけに従うことにした。「やります。それとは別の話ですけど——」

ぼくは聞かなきゃいけないことをようやく切りだした。

「青砥さん、あなたは、イマジンと契約しませんでしたか？」

「イマジン？」

「望みを叶《かな》えてくれると言って近づいてくる化け物です」

「…………」

ちらり、と青砥さんの表情が揺らいだような気がした。

ロウソクの炎がふと風になびくような、小さな動きだったけれども。

けど、青砥さんが口にしたのは否定だった。

「知らんな。私はだれとも契約などしていない」

「《魔犬》のことはどうですか」

「魔犬」

青砥さんの顔には、今度こそ、まぎれもない困惑の色が浮かんだ。

「あなたの行くところ、《魔犬》の噂がついて回ってます。先日の工事現場にも出たんです。見ていませんか？　心当たりはありませんか？」

「ない」

こちらの答えもきっぱりしていた。

「噂はうっすら聞いている。くだらない噂だ。世迷い言につきあっていられるほど私は暇じゃない。話は終わりだ」

「でも」

と、言いつのろうとしたぼくを、青砥さんが手を振って追いやろうとして、ふと
「ひっ！」と小さな悲鳴をあげた。

手に何かついている。

（糸――？）

いつの間にか、完成予想模型の上に蜘蛛《くも》の糸のような細い糸がかかっていて、それが手についたらしかった。

青砥さんは苛立たしげに糸を振り払い、ぼくに背を向けて自分のデスクのほうに戻っていった。

子犬――ジェイド――が、遊んでもらえるのかと期待して駆けよってきたのを、うるさそうに足でじゃけんに転がした。虚を突かれて仰向けに転がったジェイドは、あっけにとられたように目をぱちくりさせて、それからあわてて起き上がった。

ちょっと意外に感じて、その光景を見ていたぼくに、津野崎さん――秘書の人がささやいた。

「うまく社長に取り入ったつもりかもしれんが、社長はだれのことも信用しないぞ。自分で言うとおりな」

ぼくはその言葉にもびっくりして、思わず津野崎さんの顔を見たが、彼はずっと素知らぬ顔で無反応を装っていた。

この二人も一枚岩じゃないのだ。

もしかしたら、ぼくに電話をかけて理髪店に呼びだしたのは、津野崎さんなのかもしれない。

狙いはわからないけれども。

4 幻の酒

「だいたい、良太郎は何やってんのよ～。青砥健介の秘書になる手はずだったじゃないの～。それがどうして酒屋でバイトしてるのよ～」

「そないなこと言うて、ハナかて毎日毎日、酒かっくらっとるやないか～」

「監視よ監視。あんたを監視してんの～。酒なんかあるとこに野放しにしたら、ウラあたりがどんな悪さするかわかんないでしょ～」

「女っ気のあらへんとこに亀の字が出てくるかいな～」

「私が女じゃないって言うの～？　あれ、あんた良太郎じゃないわね。バカモモ？　もしかしてバカモモ？　私、バカモモなんかと酒飲んでんの？　あー気持ち悪い～」

「おっ、ハナちゃん、気持ち悪いって？　もう酔っぱらっちまったのかい？」

「私がこれくらいの酒で酔っぱらうわけないじゃないでしょ～！」

ハナさんは、日本語にもなってない気勢をあげながら焼酎《しょうちゅう》のロックを飲み干し、常連さんたちから拍手喝采を浴びている。

〈気持ち悪くなってくるのはこっちなんだけど……〉

なんてぼくの弱々しい心の声は、二人には届かない。

北浦酒店でバイトをはじめて、もう一週間ほど経つ。

昔ながらの酒屋だ。店先に今どき珍しい酒樽《さかだる》が積んであるような。

一角に立ち飲みスペースがあって、店で売っている缶詰や乾き物をサカナに、常連さんたちが飲めるようになっている。

ミルク・ディッパーとは客層はぜんぜん違うけど、それでも気持ちのいい常連さんたちだった。店主の北浦さんは不在がちで、代わりに常連さんのだれかが店番をもって任じるのが常態になっていた。たしかにアルバイトの必要性はありそうだ。

最初のうちは、そうした常連さんたちの世話を焼いたり、注文された品物を近所に配達したりする仕事をマジメにこなしていたのだけど、重いビールケースにひいひい音をあげていたところ、「代わったろか?」とキンタロスが甘い声をかけてきたのにうっかり乗っかったのが運の尽きだった。「力持ちだねえ」「いいバイトが入ったねえ」とかなんとか、常連さんたちにもてはやされるうちに、すっかり仲間入りしてしまい、しかもハナさんまで加わって、一昨日あたりから酒盛りがメインの仕事みたいになってしまった。

それも真っ昼間から。

飲んでるのはキンタロスだけど、身体はぼくのでもあるし、他のイマジンたちとも共有している。アルコールが入ったら酔っぱらうのはみんな同じだ。

〈目的は青砥健介をマークすることだったはずだよねぇ? こういうのを『猫を追うより魚をのけよ』って言うんじゃない? ひっく〉

〈猫なんかより、犬をのけろってんだよ~。ひっく〉

〈モモタロスのばーか。カメちゃんが言ってるのは、猫さんはお魚が大好きってことだも

ん。ぼく、猫さんもお魚もだーい好き〜。ひっく〉

「ええやないか〜サカナ。〈サカナはあぶったイカでええ〜。ひっく」

もう会話も成立していない。しかも、まだ夕方なのにだ。

「おっ、祐馬《ゆうま》やないか。お帰り〜」

キンタロスが声をかける。

祐馬君だ。この家の一人息子の中学生。北浦さんのお孫さんに当たる。

祐馬君は、しとどに酔っぱらっているぼくたちにちらっと軽蔑したような目線を投げかけ、無言で奥の階段をトントンと上がっていった。

「『お帰り』言うたら、『ただいま』言うもんやで〜」

キンタロスは性懲《しょうこ》りもなく声を張りあげた。

「まあまあ」と常連さんたちがなだめる。これも年中行事になりつつあった。祐馬君は気むずかしい性格らしく、店の客にお調子のひとつもくれないどころか、むしろ店のことがだいっ嫌い光線を発してやまないそぶりなのだった。

バイトをはじめて最初のうちはぼくも傷ついたりもしたけれど、だんだん馴《な》れてきたとこだ。

けど。

今日は違っていた。またトントン……と階段を下りる音がして、カバンを置いただけの祐馬君が店先に姿を現した。

「何や。『ただいま』か?」

「俺にも飲ませろよ」

と、祐馬君は手を伸ばした。

「アホ言いな。おまえ、未成年やんか」

「うちの酒だぞ」

「おまえの酒ちゃうやろ。店の酒や。酒屋のボンが商売道具に手つけるんか」

「商売道具が何だよ」

言うなり、あっと止める間もなく祐馬君はぼくの前のグラスをつかんで一気に飲み干した。

……と思いきや、たちまちゲホゲホとむせだし、口に含んだ酒のほとんどを吐きだしてしまった。威勢のいいことを言うわりに、子どもは子どもだ。

「あんた止めなさいよっ」

ハナさんが背中をさすりながら、非難がましい目でにらんできたけれども、キンタロスは素知らぬそぶりで、

「ボーズが酒なんか飲むからや」

「……これ、なんて酒?」

祐馬君は咳《せ》きこみながら聞いた。

「焼酎やな。焼酎の水割り。ちゅうか水の焼酎割り」

「日本酒とは違うの？」

「ちゃうな」

「ふん」

祐馬君は、人を小バカにしたような冷笑を浮かべ、ハナさんの手を振り払うようにして、再びトントンと階段を上がっていった。

「なるほどな……」

キンタロスは、それを見送って、わかったようなわからないような感想を述べた。

「なるほどって何よ？」

「なるほどっちゅうたら、なるほどやんか。〽飲むほどに～酔うほどに～や」

キンタロスは、水の焼酎割りをつくり直して、ぐっと飲み干した。

●

「それで、キンタロスは祐馬君について何かつかんだんじゃないかと思うんだけど、何も話してくれないんだよね」

「ふーん」

「そっちは何かあった?」

「いや、とくに」

翌朝、侑斗に定時連絡の電話をしても、彼はそっけなかった。

侑斗は青砥さんの尾行を続け、ぼくは北浦さんの酒屋に出勤する日々が続いている。二人ともミルク・ディッパーにはずっと顔を出していない。万が一にも侑斗が青砥さんに顔バレしたらまずいし、ぼくはぼくで、ミルク・ディッパーで北浦さんと鉢合わせたくない。彼はミルク・ディッパーに日参しておきながら、ぼくの存在なんか気にもとめてなかったらしく、姉さんの弟だなんて気づいてないらしいのが好都合なのだ。それに姉さんにも、北浦さんのとこで働いてるのは伏せておきたい。なんで、と姉さんに聞かれたら困る。ぼくだって困ってるんだから……。

ぼくも侑斗も、ミルク・ディッパーにはしばらく立ち寄れないのだ。

いつもの落ち合い場所がないから、どうしても電話連絡ばかりになってしまう。

「それより野上、おかしなことはなかったか? どんなささいなことでもいい。こないだの蜘蛛《くも》の糸みたいなことだ」

「おかしなことと言えば、ハナさんが酔っぱらって酒樽をバーベルがわりに持ち上げて——」

「いや、そういうのは違うな」

「違うって、何が違うの」

ぼくに最後まで言わせもせず、侑斗は、一方的に電話を切った。

ハナさんは、ぼくがめぐりめぐって北浦さんのところで働く流れになったことを、いまだに納得いってないようだけれど、侑斗はその辺は気にしないようだった。それより侑斗は、ぼくもあんまり気にならないような細かいことばかり聞きたがった。それこそ青砥さんの社長室で見かけた蜘蛛の糸の件がそうだ。

侑斗は何を気にしてるんだろう?

ぼくは首をかしげつつ、北浦酒店に自転車で出勤した。

四月も半ばで、春らしい向かい風が心地よい。

商店街を自転車で駆けぬけながら、先日、青砥さんのところで見かけたミニチュアの街を思いだす。このそば屋さんもせんべい屋さんも古本屋さんも、近いうちにみんな、ああした高層建築に姿を変えてしまうのだろうか。もちろんミルク・ディッパーも、北浦さんの酒屋さんも。

そう考えると、なんだか現実感がとぼしく感じられてくる。

〈良太郎……今日はしかけてみよか〉

〈ん?　キンタロス、何か言った?〉

〈何も言うてへんで〉

キンタロスもそれきり黙りこくってしまった。

今日はだれもかれもがつれない日みたいだ。酒店に着いたぼくの顔を見るなり、北浦さんもぼくに店をまかせてどこかへ出かけてしまった。

午後になって、いつものようにハナさんが合流する。

けれども、ここ数日と違ったのは……、

「調べてきた」

「何を……？」

「祐馬君のことよ。正確には『主馬祐《しゅめゆう》』のこと」

「しゅめゆう？」

「良太郎、ここで働いてて商品をロクに見てないの？」

ハナさんはあきれかえって手を腰にやりつつ、ぼくを店先に連れだした。

《主馬祐》

たしかに、それはそこにあった。

店先に積まれた酒樽にそう書かれていた。

言い訳するわけじゃないけど、覚えてなくても仕方がない。そういう酒樽があるにしても、《主馬祐》というお酒を商品として売ってはいないからだ。酒樽なんて、ただの飾りかと思ってた。

ハナさんにそう言うと、彼女は「そうなのよねえ」と軽くため息をついた。

「祐馬君と字が似通ってるから、何かあるんじゃないかと思って、《主馬祐》のことを調べてみたの。そしたら……」

ハナさんが調べてきたのは、こういうことだった。

《主馬祐》は、もとは九州でつくられていた清酒だけれど、戦後になって酒蔵が東京に移った。それが北浦さんのお嬢さん——祐馬君のお母さん——の嫁ぎ先だった。

でも、もうつくられていない。その酒蔵が廃業してしまったからだ。

幻の酒になってしまったのだ。

「祐馬君がまだ小さいころに、ご両親が亡くなって、おじいさんの北浦さんに引き取られたらしいんだけど、ご両親は、祐馬君に《主馬祐》の復活を託してたんじゃないかって言うの。だから、《主馬祐》にちなんで祐馬って名前がつけられたんだって」

「言うって、だれが？」

「ここの常連さんたちよ、決まってるでしょ」

してみると、ハナさんはここでただ飲んだくれてるんじゃなくて、情報収集のための顔つなぎをしてたってわけなのだ。

「幻のお酒を復活させたいって望みを、お父さんお母さんが祐馬君に託したってこと？」

「でも、北浦さんにその気はなさそうよね。店先に酒樽を飾ってるわりには、ぜんぜん日本酒が売りでもないし、良太郎にまかせっきりで店のことはサボりっぱなしじゃない。きっと仕事のことなんか考えてないのよ。再開発に乗っかれば、それなりにお金もはいってくるだろうから」

「北浦さんは、そんな人じゃないと思うけど……」

とハナさんに反論しつつ、ぼく自身も自信はなかった。

青砥さんだか津野崎さんだかの口利きで酒店で働きはじめてから、北浦さんとはろくろく話したこともない。顔を合わせる機会さえ少ないんだから仕方がない。

祖父一人孫一人で、いささか無責任な気もする。ぼくが来る前から、夕方ともなれば常連さんに店を託して留守がちだったというし、ぼくが来てからは夕方どころか朝からどこかしらへ出かけてしまうようになった。店のことも孫のことも見てないような人が、お嬢さんの嫁ぎ先の酒になんか気を回すとも思えない。

「《主馬祐》を復活させるったって、そういうのって本当にできることなの？」

「わかんないわよ。でも、祐馬君はきっとそれを望んでるんじゃないかな」

そうかもしれない、と思った。

そんな望みが叶《かな》えられそうもない苛立ちが、店や、店に集う常連さんたちにぶつけられてるのかもしれない。

〈そんなとこやろな……〉

とキンタロスがつぶやいた。

聞き返しても、二度とは答えてくれなかったけれども。

●

夕方になり、祐馬君が帰ってきた。例によってぼくたちには目もくれず、トントンと階段を上がっていく。

ぼくはてっきり、キンタロスが何かするかと思っていたけれども、とくに無反応だった。

キンタロスが《しかけた》のは、夜になって、北浦さんが帰ってきてからのことだった。

「野上君、もう上がっていいよー」

「そういうわけにはいかんのや」

「え？」

「あんたも飲みぃな」

キンタロスは北浦さんの腕を引っぱって強引にカウンターに座らせた。

グラスに焼酎をなみなみと注ぐ。常連さんたちにはおなじみのキンタロスのふるまいだけれど、北浦さんがこれまで見てきたのは素のぼくだけだったから、目を白黒させている。

「主馬祐っちゅうのは、どないな酒や」

キンタロスは切りだした。

「《しゅめのすけ》か？　どんなって……大した酒じゃないね」

「復活させへんのか」

「させてもしょうがないだろ。大した酒じゃないんだし」

「あんたが決めつけるんか」

キンタロスは指を北浦さんに突きつけた。

「大した酒かどうか、俺が決めたる。どっかに残っとらへんか」

「ないよ。もうどこにも。ずっと前につくられなくなった酒だからなー。あんたらだって飲んだことないだろ？」

北浦さんは、常連さんたちの顔を見回しながら言った。

常連さんたちも思わずうなずく。

「さよか」

キンタロスはやおら立ちあがり、大音声に呼ばわった。

「祐馬、祐馬！　下りてきぃや！　主馬祐を飲んだるで！」

「野上君、何を……」

北浦さんが困惑する。

祐馬君が何事かと階段から顔を覗《のぞ》かせた。それと見てとって、キンタロスは店先に回って酒樽を担ぎこんできた。

「どこにもないやて？　しっかりあるやないか、ここに！」

素手で縄を引きちぎり、フタを手刀でたたき割った。

鏡割りだ。えらく乱暴だけれど。

グラスを樽に突っこみ、すくい上げる。

「こいつが主馬祐や！」

ごくごくと飲んだ。

が。

「ぶ――――っ！」

たちまち吹きだした。

「まずいやないかッ！」

ぼくにもその味は感じられた。お酒というより、酢というか。それもすんごい嫌らしい味の酢を薄めて、嫌らしい感じに甘くした感じっていうか。

とても飲めたものじゃなかった。

「当たり前じゃない」やきもきしながら見守ってたハナさんがフォローする。「ずっと野ざらしになってたお酒がおいしいわけないでしょ」

「そやな」

キンタロスはがっくり来ていた。

彼が考えてた筋立てがわかった気がした。

ここで、「うまい！」となるはずだったんじゃないだろうか。

失われたと思われてた幻の酒の旨さを、北浦さんをはじめ、みんなが再発見し、一気に《主馬祐》復活の気運が高まる。北浦さんは仕事への情熱を取り戻し、祐馬君もにっこり。そんなふうに事が運べば……と思ってたんじゃないだろうか。

でも、そう都合よくはいかなかった。

幻の《主馬祐》は、もうダメになってた。

「どんな銘酒かて、古うなったら飲めへんわな」

「違うねー」

気がつくと、北浦さんが主馬祐のグラスを受け取って、ちびりと味見していた。

「たしかに、こいつが主馬祐だ。古くなったからじゃない。主馬祐は、こんな酒だ。味気ないくせに甘ったるくてねー。うまい酒だなんてお世辞にも言えなかった。もともと米所でも何でもないとこの産だし、仕方ないさー。そりゃ戦後は少しは売れたそうだが、もっとうまい酒が手に入るようになると、からっきしになったんだそうだ。酒樽を置いてるから、懐かしいと声をかけてくれるお客さんがごくたまにいるけども、『もう一度飲みたい』なんて言葉は聞いたこともないねー。そういう酒なんだ」

「ほな、主馬祐を復活するつもりは……」

「この酒を？　君、飲みたいー？」

「う……そ、そやかて、祐馬に『祐馬』いう名前をつけたんは、いつの日か主馬祐を復活させたいっちゅう願いがこめられとるんと違うんか」

「逆だよ。その逆ー。『主馬祐』の字をひっくり返して祐馬。こんな酒をつくる愚をくり返させまいという親心で、娘夫婦がつけたんだ」

北浦さんの思わぬ告白に、キンタロスはぐうの音も出ないようだった。

「主馬祐のことも祐馬のことも、ほっといてくれよー。祐馬には酒屋は継がせないし、酒づくりもさせない。祐馬には別の道を歩んでもらう。それが死んだ娘夫婦が望んだことだ。たぶん祐馬自身もねー。跡取りがいないんだったら、いっそ、こんな店なくなったほうがすっきりする。そうだろう、祐馬？」

常連さんをふくめてみんなの視線が集中する。

みんなが見守る中、祐馬君はゆっくりとひとつうなずいた。

「うん。ぼくはこんな店キライだ。お酒も酔っぱらいもみんなだいっ嫌いだ！」

「………」

店の中はしーんとなった。

キンタロスもひとこともなかった。

〈あーあ、くだらね〉

と、モモタロスが伸びをして、ぼくの頭の中でだけ静寂を破った。

〈クマ公の人情劇場が出やがったと思ったらコレだよ。どーすんだこの始末。え?〉

〈でもさ、キンちゃんのお手柄かもしれないよ。北浦のオッサンが店を畳みたい気持ちが本心だって裏づけがとれたんだし。青砥健介にそう報告したら、このアルバイトのお役目も一丁あがりじゃない? ここんちの家族の痛いとこに塩を塗りたくりまくっちゃったけどさ〉

〈みんな、クマちゃんをいじめないでよ! ねークマちゃん、ぼくが代わりに謝ったげよっか?〉

〈てめーのケツはてめーで拭けってんだ。って、このクマ、寝ちまいやがった〉

〈タヌキ寝入りならぬクマ寝入りってとこ?〉

〈おーい。起きやがれって。おーい〉

「……………」

あれやこれや言われ放題でも、キンタロスは無反応だった。

まさか眠ってしまったってこともないだろう。よっぽどショックが大きかったのか。

「祐馬君、待って」

ぼくは自分自身にスイッチして、階上に引っこみかけてた祐馬君を呼び止めた。

「主馬祐を飲んでみようよ」

「やだね」祐馬君はせせら笑うような顔をした。「だれが飲むかよ。そんなまずい酒」

「まずいっていうのは、キンタロス――いや、ぼくが言っただけだよ。まだ君は飲んでないよね。まずいかどうかは、君が決めなくちゃ」

ぼくは主馬祐をグラスに一杯すくい上げ、祐馬君に向かって差しだした。

〈良太郎、あのな、そんな古い酒、だれが飲んだかてまずいに決まっとるやないか。それに未成年に酒飲ますんは――〉

キンタロスが弱々しく抵抗しかける。

「黙っててよ！　ハナさんも！」

「……私はまだ何も言ってないじゃない」

「言わなくたって、言いたいことはわかるよ。でも、祐馬君は今飲まなくちゃいけない。未成年とかどうでもいいよ。大人になるまで待ちたくたって、このお店がなくなっちゃったら、酒樽なんか残ってないかもしれない。もしかしたら、これが最後の主馬祐なんだ。今飲まなかったら、もう一生飲めないかもしれない」

ぼくは、まっすぐにグラスを差しだし続けた。

祐馬君は目をそらさない。

彼がそうするかぎり、ぼくも目をそらさない。

「君が決めなくちゃ。主馬祐がおいしいかまずいか」

「………」

祐馬君はひとことも言わずに階段を下りてきて、おそるおそる、グラスから一口すすった。

その表情が変わった。

「――まずい」

「まずいよね」

ぼくは笑った。

「あんたね、人んちの孫をだな――」

北浦さんが、さすがにムッとした顔をする。

「いいんです。まずくったって。それが主馬祐なんですよね。祐馬君は、この味を覚えとかなくちゃいけないから」

「覚えとくさ」祐馬君はニヤリと笑ってみせた。「こんなまずいもの、死んだってつくらない。酒の名前をひっくり返して俺に名前をつけたんだものな。親父もお袋も、よっぽどこの酒が嫌いだったんだろ」

「祐馬君、それは違うよ」

ぼくは首を振った。「もし、お父さんお母さんがこのお酒が嫌いだったら、ちなんだ名前を子どもにつけたりしないよ」

「じゃあ、何なんだよ」

「やっぱり、主馬祐を復活させてほしかったんじゃないかな」

「こんなにまずいのに?」

「まずいから、じゃないのかな。名前をひっくり返したのは」

「え……?」

「このお酒のまんまじゃよくないっていうのは、北浦さんの言うとおりだと思う。けど、まずい主馬祐をひっくり返して、おいしいお酒として復活させるのも、主馬祐の歴史をひっくり返して、このままやめちゃうのも、ぜんぶ祐馬君が決めること。そういう意味だと思うよ、祐馬君の名前は」

「……なんでわかるのさ」

「わかるよ。だって、名前って、親が子どもに贈る最高の贈り物なんだから」

ぼくは、これだけは自信があった。

「ぼくの名前は、良太郎っていうんだ。古くさい名前だよね? 小さいころから名前のせいでいじめられたし、その後の運勢も最悪だった。でも、いい仲間に出会えたし、いい人生だと思ってる。それもこれも、両親が良太郎って名前をつけてくれたおかげだって思ってる」

「でも、いじめられたんだろ」

「うん、いっぱいいじめられた」

ぼくは笑い、祐馬君も笑った。

祐馬君は笑いながら、またグラスを口に運ぼうとして、ぼくはあわてて止めた。

「ダメだよ。未成年がお酒なんか飲んじゃ」

「あんたが飲めって言ったんじゃん」

「そうなんだけど……。あとはもう、ぼくたちが飲むから。せっかく酒樽を開けちゃったし」

「わかったよ」

祐馬君は、素直にグラスを返して。

そして言った。

「よくこんなまずい酒が飲めるよな。いつか俺が、もっとおいしい主馬祐をつくってやるよ！」

おお！　と、店中が喝采に包まれた。

●

気がつくと、ハナさんに揺り起こされていた。

「良太郎、もう帰るわよ、良太郎」

「まったく、こんなになるまで飲んじまって」

侑斗のあきれた声まで聞こえる。

いつの間にか、ぐでんぐでんになって寝こんでしまったみたいだ。

「あれ……みんなは？」

「とっくに帰ったわよ」

店にはもうだれもおらず、北浦さんだけがカウンターに突っ伏している。

そういえば、あれから主馬祐だの他の酒だの飲みながら、北浦さんともさんざん話した気がする。

北浦さんからも、いろいろ打ち明け話を聞き、ぼくもいろいろ打ち明けた。

「ぼくは、青砥さんのスパイなんです」

「知ってるよー」

「青砥さんに隠しておいたほうがいいことはありますか？」

「ないよー」北浦さんは笑った。「青砥さんのほうから紹介されたときから、君はそうじゃないかと思って警戒してたが、やられたねー。祐馬はすっかり、酒造りの道に進む気だ。娘が一度志して、あきらめたまま死んじまった道なのにな。祐馬には同じ道を歩んでほしくないんだけどねー」

「でも、それは祐馬君自身が決めることです。今じゃなくて、何年後かに。今は選択肢をあげなくちゃ」

「そりゃそうだ。けどねー」

ずっと堂々めぐりで、同じような話をくり返してた気もする。

そのまま眠ってしまったらしい。

「侑斗、ぼくより先に、北浦さんを……」

「わかってる。そのために俺が呼びだされたらしいからな」

侑斗は、さもイヤそうにため息をつきながら、北浦さんに肩を貸して階段をのぼっていった。

「さ、帰るぞ、野上」

いつの間にか侑斗がぼくを抱えあげている。今階段をのぼっていったばかりなのに……。侑斗が瞬間移動したのか、それともぼくの意識が一瞬飛んだのか。

「なんでまた、こんなに飲んじまうかな。酒なんか飲めやしないくせに」

また朦朧としかけた意識の中で、侑斗とハナさんがしゃべる声が遠くから聞こえていた。

「でもカッコよかったわよ。名前は親が子どもに贈る、最高の贈り物なんだって」

「は？　贈り物？　どんなロマンチストだ」

「良太郎は男の子なのよ。どこまで行っても。そこがいいんじゃない」

「早く大人になってもらいたいけどな」

ぼくは、侑斗に抱えられるまま、店を出て家路をふらふらと歩みはじめた。

夜もいつの間にか更けてたらしく、人通りは少ない。静まりかえった商店街。そのぶん、内なるイマジンたちの声が、わんわんと頭の中でこだまする。

〈名前が贈り物——ねぇ。ひっく。いったいどこが贈り物？『ウラタロス』なんて変な名前つけてくれちゃってさ。贈り物っていうより呪いだよね、呪い。ひっく。今からでも、ぼくにふさわしいカッコいい名前に改名してくれないかなぁ。ひっく〉

〈『ウラタロス』だってもったいねーよ。てめーなんざ、『カメ』で充分だろ『カメ』で。おいカメ。ひっく〉

〈よく言うよねぇ。先輩こそ『モモタロス』だなんてもったいなさすぎ。脳みそ筋肉の赤鬼の分際でさ。ひっく〉

〈おいコラてめー。ひっく〉

てっきり、ここでモモタロスがウラタロスにつかみかかるかと思ったけど、モモタロスはふとぼくのほうを向いた。

〈なあ良太郎……ひっく〉

と、いつになく弱々しい声で語りかける。

〈さっき、イマジンのニオイを嗅いだ気がする。酔っぱらっちまってるから、よくわかんねーんだけどよ。ひっく〉

〈ホント？　だれなの？〉

〈だから、酔っぱらってよくわかんねーんだってば。ひっく。でよ、さっき言ってた、いい仲間に出会えたってのはよ。もしかして……〉

ぼくの意識は、それっきり再び混濁した。

●

明くる朝。土曜日。

ズキズキする頭を抱えながら、酒店に出勤したところに、青砥さんの秘書の津野崎さんから電話があった。

ちょうど店の前に自転車を停めたところだったから、そのままケータイに出る。

「そろそろ何かつかめたか？」

「北浦さんは、たぶん、祐馬君のことを第一に考えてるんです」

ぼくは、この十日あまりで北浦酒店で見聞きしたことどもをざっくりと話した。主に昨夜の話を中心に。

「なんでも、お孫さんに教育資金を贈与するのに税金がかからなくなったんだそうです。再来年いっぱいまでが期限だとかで……。お店や土地を買収してくれるなら、早いとこ進めてほしいと考えてるみたいです。それで、再開発計画を熱心に広めてるんじゃないかと」

「なるほど」

そう言った津野崎さんに、電話のむこうで、別の人が口早に何かコメントした気配がした。

それを受けて、津野崎さんがきっぱりと指示した。

「わかった。野上、そこは今日いっぱいで辞めていい」

「え？　辞めていい……？」

「報告は週明けに改めて聞くそうだ。追って連絡する」

「津野崎さん、ちょっと待って――」

ぼくに言わせもせず、津野崎さんは電話を切った。

外は、寒かった。ここしばらく、ずいぶん春めいてきたと思ってたのに、昨夜あたりから一転して真冬に逆戻りしたかのような寒さが身を刺す。

でも、会話の内容のほうがもっと寒さを感じさせた。

電話口のむこうには、津野崎さんともう一人の人がいた。たぶん青砥さん。電話をスピーカーで聴いていたのかもしれない。

なぜぼくは今日かぎりで酒店のバイトから放免されるんだろう。青砥さんは、ぼくの報告を聞いて何が「わかった」んだろう。

ぼくは何を言ってしまったのだろうか。

「今の電話、だれだよ?」

声に顔を上げると、学生服姿の祐馬君が、険しい顔で立っていた。

土曜授業かなにかに出るために家を出てきたところだったのだろう。

「だれって、その……」

「あんた、青砥のスパイなんだってな」

昨日はだいぶ打ち解けた感じになったと思ってたのに、今朝の祐馬君は、まるで今日の気候のようにうってかわって冷たい顔つきだった。

「あの守銭奴《しゅせんど》に何チクったんだよ。主馬祐がまずいから、うちの店は安く買いたたけるってか?」

「祐馬君、ぼくはそんな——」

「青砥の犬!」

言葉を投げつけるようにして、祐馬君は駆けだしていった。

青砥の犬——。

祐馬君が残した言葉が、ぼくの周りにいつまでも浮遊していた。

その浮遊する空気を断ち切るように、ぼくはケータイを取りだした。

「侑斗、今どこ？」

「青砥健介の自宅前だ。さっき秘書が入っていったから、今日は家で仕事なんじゃないか？」

「それってどこ⁉」

●

ぼくは自転車を走らせた。

青砥さんの自宅は、そんなに遠くはなかった。

行きつけらしい床屋さんも近所だったことだし、考えてみたら当然だった。今回の再発も、青砥さんにとっては自分の住む街を活性化させたいという思いがあるのかもしれない。

距離はなかったかわり、さんざん道に迷った。

教えてもらった住所にようやくたどりつき、侑斗の姿が見えたころには、疲れ切っていた。

「スマホがカーナビみたいになるって言ったろ。使い方くらい覚えとけ」

「……ここが青砥さんの……？」

屋敷――とは言えない。

ごく普通の、住宅地の一軒家だった。申しわけ程度の庭も、ごく狭い。

あの、人に圧迫感さえ感じさせる豪壮な社屋に君臨する社長の家が、こんな、なんの変哲もない一般民家とは思わなかった。もっと正直に言うと、お金持ちの周りに魔犬が出没するという噂を聞いたときから、それこそ『バスカヴィル家の犬』じゃないけど、青砥さんの家として映画に出てくるようなお屋敷を空想していたのは事実だ。

そんな夢想は、ぼくの青くさいロマンチシズムだったらしく……。

「何事だ？」と問いかける視線を向ける侑斗の横を通り抜けて、ぼくは呼び鈴を押した。

●

応接室に通されたときも、ぼくはまだ息が荒かった。

「何の用だ。私は忙しい」

青砥さんは早口に言った。自宅なのに、似合わないスーツを着こんでいる。家でも仕事、という侑斗の見立てに間違いはなさそうだ。

「北浦さんのとこを辞めろって、どういうことですか」

「心配するな。良太郎君には次の仕事を用意する」

「そういうことじゃなくて。それじゃ、北浦さんが困るんじゃ――」

「北浦が困るかどうかは関係ないだろう。君は、私のために働いてるんだからな」

「ぼくを北浦さんのお店に送りこんだのは何のためだったんです？　さっきのぼくの報告を聞いて、何がわかったんですか？」

「君は、質問が多すぎる」青砥さんはため息をついた。「魔犬がどうした、化け物がどうしたのと、聞いてばかりだ」

「答えてください！」

「……この部屋は寒いな」

青砥さんは、脇に立っていた津野崎さんに合図して、暖房を入れさせた。

ぼくの質問に答えるつもりはないのかと思いきや、やおらぼくに向き直り、指を一本立てた。

「君の報告でわかったことは、いくつかある。まず、北浦がキャッシュを欲しがる理由だ。中学生の孫に教育資金を出すためということだったな。貴重な情報だ。これがひとつ」

二本目の指を立てた。

「次に、その孫がナントカいう幻の酒にご執心と。考慮すべき事態かもしれん。この二つだけわかれば情報としては充分だ」

「充分って」

ぼくには、さっぱりわからなかった。

「情報情報って、今のが青砥さんの役に立つんですか」

「立つとも。そうした情報こそ大事なんだ。たとえば、北浦がちょこちょこ立ち回ってるのは、おかしなバックがいるからってわけではないとわかった。むしろ時間に制限があるからだと。ということは、私は交渉をなるべく引き延ばしたほうが有利かもしれん。多少やきもきさせてやれば、欲をかいて法外な条件を突きつけたりはしなくなるだろう」

「……祐馬君のお酒のことは？」

「問題はそれだ。北浦が、酒屋を自分の代かぎりと決めているうちはいいが、まかり間違って、孫に継がせたいなどと考えられては困る。新しい施設でも酒屋として営業を続けたいなどと、あらぬ望みを持つかもしれない。あそこには大手のリカーショップを入れるつもりだ。私の計画とバッティングする」

青砥さんは腕組みをして考えはじめた。

「酒造りに興味があるなら、適当な農業大学に推薦してやるとか、酒ができたらリカーショップの全国チェーンでも扱ってやるとか何とか空手形を振って、うまいこと交渉を進めねばな。とにかく酒屋の経営からは興味をそらすことだ。ふむ」

青砥さんは納得したらしい。

ぼくは納得しなかった。

「北浦さんとこの事情は、青砥さんにとって、交渉の材料なんですか」

「そうだ」

「主馬祐は、祐馬君のお父さんお母さんのお酒なんです。彼は主馬祐を復活させたいと願ってる。北浦さんが、大事な店や土地を青砥さんに売ろうとしてるのは、そんな祐馬君のためなんです。ぼくが話したのは、そういうことをわかってもらうつもりでした」

「私も、そういうつもりで聞いたよ。君はいい仕事をしてくれた。つまり、北浦には弱みがある。交渉相手の弱みをつかむのは、基本中の基本だ」

「………」

ぼくは二の句が継げなかった。

青砥さんは、そんなぼくのことは意にも介さず、津野崎さんを振り返った。

「ちっとも暖かくならんじゃないか」

「故障かもしれません」

津野崎さんが暖房機の前でかがみこみ、ふーふー息を吹きかけていた。

吹き出し口に粉のようなものがこびりつき、真っ白になっているのが見えた。粉を手で払ったり、息で吹き飛ばしたりしつつ、カチカチとスイッチを入れたり切ったりしているけれども、びっしりこびりついた粉はびくともせず、スイッチが入らないようだった。

「会社に行く」

青砥さんが立ちあがった。

「社長、今日はずっとご自宅だと」

「ここは寒すぎる」

青砥さんは、さっさと歩きだした。

あわてて追いかけようとした津野崎さんは、「ジェイドを」と子犬のことを指図されて戻っていった。

ぼくは一瞬ためらった。

暖房機のことが気になった。機械自体は新しげで、長年にわたって使いこまれているわけでもなさそうだったから、粉を吹いたようになったりしているのは違和感のある眺めだった。「どんなささいなことでも、おかしなことは見逃すな」とは、侑斗にもさんざん耳タコで言われていた。

でも、ぼくはワンテンポ遅れて、青砥さんの後を追いかけた。

やっと、言うべき言葉が見つかったからだ。

すでにガレージの前に立っていた青砥さんをつかまえ、ぼくは言葉を振り絞った。

「……お断りします」

「断る？　何を」

「次の仕事を用意するって話です」

「使用人が、私との約束を破るのか」

そう言いながら、青砥さんは、それほど意外そうにも見えなかった。

ぼくは、冷たい空気を大きく吸ってから、言葉を続けた。

「こないだのバイナリーオプション。仲間に調べてもらいました。あれにはタネがあったんですね。あの日は十日でした。五十日《ごとおび》の仲値と言って、十時に向かってドル高になり、十時を境にドル安になるんだって」

「そういう傾向はあるかもな。傾向というだけだが。金曜と重なってたならともかく」

「でも、あなたは『上か下か』って言いました。素人は『上』って答えやすいのを、あなたは見越してた。ホントは上か下かなんて、ないんですね。ドル高は円安だし、ドル安は円高だから、ドルから見たら上なものは、円から見たら下。あなたは、わざと上か下かって言い方をして、モモタロスに――いえ、ぼくに『上』って言わせるように仕向けたんです」

〈きったねーよな！〉

と、モモタロスが毒づく。

「交渉術とはそういうものだ」青砥さんはうそぶいた。

「あなたはだれに対してもそうなんですか」

「私は人は信用しない」

「祐馬君の言うとおりでした。あなたは守銭奴だって……」

「守銭奴。いい言葉だ。金だけは私を裏切らない」

「お別れです」

ぼくは言った。

「あなたのためには働けない。ぼくは……あなたが嫌いです」

「………」

青砥さんは。

白い息を吐いて、言った。

「やはり、君も私を裏切るか」

「………」

「君には解せないところが多々あった。どうしてこの家の場所を知ったのかも含めてな。そこがおもしろかったが、まあいい。これでお別れだ」

「………」

ジェイドをケージに入れた津野崎さんが合流した。

青砥さんを乗せた車がガレージから滑りだしていくのを、ぼくはぼんやりと見送った。ぼんやりしきってて、物陰から学生服の少年が飛びだしてくるのに気づかなかった。

少年は、車の後部座席の窓を拳で叩きながら、声を張りあげた。

「青砥！　おまえなんかに、うちの店は買わせないぞ！　この守銭奴！」

祐馬君だった。

どうして祐馬君がここにいるんだ？　ぼくは頭がこんがらかったけれど、徐々に理解した。

ぼくを尾《つ》けてきたんだ。

ぼくが津野崎さんと電話で話す様子に不穏な空気を感じとり、こっそり後を追ってきたのに違いない。そして、ガレージの前でのぼくと青砥さんの会話を聞いた……。

青砥さんの車がスピードを上げ、走り去ろうとするのを、祐馬君が追っかけて走る。

ぼくも走った。

「祐馬君、やめて！」

次の瞬間。

今度こそ、何が起こったのかわからなかった。

さっと一瞬暗くなったかと思ったら、何かに殴られたように、祐馬君がぶっ倒れた。

青砥さんの車は、そのまま走り去っていく。

「今のは何だ⁉」

後ろから、侑斗が追いついてくる。

ぼくは祐馬君に駆けよった。よかった。打ち倒されて転び、びっくりしているけれども、ケガをしている様子はない。

「侑斗、今のは……」

「デカいヤツだったな。あれは何だ？」

「デカいヤツって？」

「見てなかったのか⁉」

〈デカいのが、そっちの屋根から飛び降りてきやがった〉

〈で、この子に一撃をくらわせたんだよねぇ〉

〈そっちにジャンプして消えよった〉

〈すんごい早業だったよねー。手品みたい〉

「………」

同じ目を共有していても、見えてなかったのはどうやらぼくだけだったみたいだ。

「こいつだ」

侑斗はすばやく周りを見渡し、《デカいヤツ》の着地点を指差した。

コンクリートの路上に、新しい足跡がひとつ、ハッキリとついていた。

犬の足跡。

一抱えもありそうな、犬にしては巨大すぎる――それでも犬だとわかる足跡。

「魔犬、か」

侑斗が、ぽつんとつぶやいた。

5 契約者

「良太郎、あんた何考えてんのよ」

ハナさんの説教が続いていた。

祐馬君を学校まで送りとどけた帰り道。

ハナさんは北浦さんの酒店を覗《のぞ》き、ぼくの姿が見えないので、あちこち捜し回ったらしい。ぼくのケータイに、着信履歴がいっぱい残ってた。

着信履歴と言えば、預かったスマホにも侑斗からのメールが着信していた。「おまえを尾《つ》けてきたらしきガキ。家の前に潜んでる」って、青砥さんの家にぼくが入ってる間に、祐馬君のことを前もって警告してくれてたらしい。ぼくは気づきもしてなかったけれど。

自分が人に比べてぼんやりしているらしいことは自覚してるとはいうものの、ハナさんの説教は耳に痛すぎた。

「青砥と訣別《けつべつ》してどうするの。何のために青砥に近づいたのよ。このままあの店で働いて、祐馬君の酒造りを応援したいとでも思ってるの？」

「……ぼくはそれでもいいけど」

「あんたねっ!!」

またハナさんの怒りに油を注いでしまった。

「目的と手段をごっちゃにするにもほどがあるっての。行きがかり上、あの店で働くハメになっただけで、もともと青砥健介の身辺を探るのが目的でしょ」

「そうだけど……」

「だいたい『嫌い』って何よ、『嫌い』って。そんなふうに絶縁状をたたきつけちゃったら、今後彼に近づきづらくなるじゃない。やっぱり青砥の周りに魔犬が出没してるってわかった矢先に。どうすんのよ、これから！」

ハナさんはまくし立て続けた。

耳が痛いことおびただしい。

でも、ミッションでもなんでも、青砥さんのもとで働き続けることはどうしてもできなかった。

「良太郎の肩を持つわけじゃないけどさ、青砥健介の網に飛びこまなくてよかったかもしれないよ」

いつの間にか、ウラタロスがぼくの口でしゃべっていた。

「ウラ、あんたは黙ってて」

「まあ聞いてよ。彼には一筋縄ではいかないとこがある。こないだ愛理さんの写真を見て、店をつきとめたって言ってたじゃない。それだけでどうやって？」

「え？」

「写真だけで、どうやって場所がわかるのさ」

言われてみれば、そうかもしれない。姉さんがいくらこのあたりで知られているといっても、全国区じゃない。

「写真に位置情報が記録されてて、データをもとに地域を絞りこんだ、とか……」

「わざわざ？　デジカメを返すだけのために？」

「そりゃ、そうだけど」

「それにデジカメを返すために、社長おんみずからお出ましになったってのもおおげさすぎない？」

「ウラ、あんた何が言いたいの」

「青砥健介には裏があるってこと。っていうか、青砥から見たら、ぼくたちにも裏があるように見えるかもしれないけどねぇ」

「私たちに？」

「だってさ、最初にぼくたちが青砥に接触した取材、むこうから見たらどう見える？　新聞社を騙してまで接近しようとしてきたんだよ。あのあと、記者モドキや霊媒モドキがどんな言い訳をしたかしらないけど、ぼくたちに裏の目的があるって勘ぐってもおかしくないよねぇ」

「反対運動……？」

「そ。反対運動家か、あるいは、再開発計画に乗じて一儲《ひともう》けを企んでるヤカラとでも思ったか。どっちにしても、その一味の、いちばん若くて、こう言っちゃなんだけどいちばん釣りやすそうな良太郎の首根っこを押さえてしまおうって考えたとしたら？　それでむこうから接触してきたんじゃないかなぁ。良太郎を抱きこむためにね。そんな狙いで、わざわざミルク・ディッパーをつきとめた。どうやってかは知らないけどさ。だから、こっちから青砥に近づいてるつもりで、じつは青砥の張りめぐらせた網の中に飛びこんでいっただけなのかも」

「例の謎の電話もふくめて、ぜんぶがぜんぶ、青砥の仕組んだ罠《わな》だったたって言うの？　良太郎がプー太郎なのも見越した上で？　どうだか」

「だって、そんなような思惑でもなかったら、良太郎なんか雇わないじゃない？」

「たしかに。そこはおかしいとは思ってたのよねえ。使いっぱにしたって良太郎なんかを雇うなんて。良太郎なんかをねえ」

　ハナさんは大きくうなずき、ぼくは小さく傷ついた。

〈バイト代が安くすむ思うたんと違うか。あの男は守銭奴やで。金のことしか考えとらへんのや〉

〈あのジジイきらーい〉

「だから、青砥は一筋縄じゃいかないっての。かならずしも金儲け一辺倒じゃないって気もするし」

「どういうこと？」

「たとえば、あのバイナリーオプション。先輩が『下』と言いさえすればこっちが勝てた。青砥は自分有利に運ぼうと誘導したかもしれないけどさ、でも賭けは賭けだったんだよね」

「……だから？」

「……だから、あんまり青砥の手のひらの上で踊らされないほうがいいんじゃないかなぁって」

「…………」

ウラタロスは、自分自身が人を釣る釣り師だけに、陰謀めかした物の考え方が得意だ。人のやることなすことについても深読みしすぎるきらいはある。

けど……。

「青砥健介に裏表あるってことだけはたしかかも。ストレートに接触しようとしたのはまずかったかもしれないわね」

さしものハナさんもクールダウンして、思案げな顔になった。

どうすればいいんだろう。

とりあえず頼りは侑斗しかいない。

青砥さんの尾行を根気強く続けてくれてるはずだ。それで何かが開けるとはかぎらないけれども、今はそれしかなすすべが見あたらない。

と思った矢先に、また事件は起こったのだ。

侑斗からケータイに着信があった。

「野上、紙が出た」

「カミ？」

「早く来い。ちょっとした見ものだぞ」

●

プチ渋滞になっていた。

渋滞の原因は、交差点の手前に停まっている車。青砥さんの車だと思う。

思うというのは、車体が見えなかったからだ。

車全体を、すっぽりと紙が覆っていた。

というか、精巧なペーパーアートの車が置かれているように見える。バンパーやサイドミラーの部分まで継ぎ目もなく、キレイに紙が車の形をしている。

でも紙細工じゃない。ドアの部分がちぎれて、そこから車の本体が見えているから。

青砥さんと津野崎さんが車の外に出て困惑顔をしていた。

侑斗の姿もすぐに見つかった。

路肩に停めたバイクにまたがったまま、腕組みをして見物人のテイを装っている。

ハナさんとぼくが合流すると、侑斗はヘルメットを脱いでニヤリとした。

「ちょっと目を離した隙《すき》にああなってた。なった瞬間は見てない。あれが手品だったら、もっと人目につくところで披露しないともったいないな」

侑斗はめずらしく愉快そうだ。

「ノンキなこと言ってる場合？　どう見たって人間業じゃないでしょ。これで、イマジンがからんでるってハッキリしたわね」

ハナさんが、ずんずん青砥さんの車のほうに歩きはじめるのを、侑斗が腕をつかんで止めた。

「どうすんだ」

「決まってるじゃない。とりあえず彼をガードしないと。イマジンに襲われてるわけだし」

「イマジンに襲われてる？」

「あんなふうにいきなり視界を覆われたら、事故のもとでしょ」

「走行中だったらな」

侑斗はあいかわらず冷静だ。ちょっとカン高くなった声で言い継ぐ。

「あの車が、赤信号で停車しているときにああなったんだ。そうでなかったら、侑斗が目を離すわけがない。一連の現象は、アイツに被害がないタイミングを選んで起きてるんだ。だから侑斗は――〈もういい！〉」

最後は侑斗自身の声に戻った。

侑斗が、自分の考えてることを多く語りたがらないかわり、彼に憑《つ》いてるデネブは、侑斗について語りたがる。

おかげで、侑斗の考えが少しわかった。

「こういうこと？　青砥さんがイマジンに襲われてるんじゃなくて、青砥さん自身が契約者なんじゃないかって？」

「まあな。だがここで車を紙に包む意味がわからない。もう少し意図がわかるまで様子を――おい！」

最後のツッコミはぼくに対してだ。

ぼくが、ずんずん青砥さんに向かって進みだしていたから。

〈まだるっこしーや。アイツがイマジンと契約してるんだかどうだか、直接とっちめたほうが話が早《はえ》えじゃねーか〉

〈さんせーい。とっちめるの賛成！　ぼくアイツきらーい！〉

〈リュウタ、いきなり銃とか持ちだしちゃダメだからね。ねちねち問いつめたほうがおもしろいよ。ふふっ〉

〈めんどうやないか。とりあえず首でも絞めて吐かせたろ〉

ぼくの中のイマジンたちは、あんまり気が長くない。

じつを言うと、ぼくもだ。

さっきハナさんにさんざん絞られ、「良太郎なんか」とも連呼された失地回復……というわけではないのだけれど、青砥さんに二度三度と会って、一度もズバリと肝心なことを聞いてないのは、ぼくにだって忸怩《じくじ》たるものがある。

●

「青砥さん」

声をかけると、青砥さんは怪訝《けげん》な顔をした。

「良太郎君……お別れと言ってなかったか」

「まだ聞きたいことがあるんです」

事ここに及べば、ストレートに切りだしても損はなかった。

「やっぱり、イマジンと契約してるんじゃないですか？　こういう現象を起こせるような化け物と」

「何の話だ」

「ぼくは見ました。あなたの周りに魔犬が出たり、こうやって不思議な現象が起こったりするのを――」

「なるほどな」

青砥さんはうなずいた。

「君たちのしわざか」

「ぼくたちのしわざ？」

「魔犬がどうしたとか、陳腐《ちんぷ》な噂を振りまいてるのは君たちだろ」

君たち――「君たち」ってなんだろう。

「いえ、ぼくは魔犬もハッキリと見て――」

「そんなもの、いるわけないだろう」

青砥さんは、きっぱりと言った。

「しらばっくれてんじゃねーよ！」と、モモタロスが前に出た。「魔犬だか何だか知らねーが、バケモンは間違いなく出やがった」

さらにウラタロスが言い継ぐ。「この短い間に、ぼくらだって二度も見てるんだよ。目撃者なんかいくらでもいるでしょ。地下工事の連中に聞いてみたら？」

そしてキンタロス。「この車見てみい。おまえの身の周りは、おかしなことだらけやないか。心当たりがないとは言わさへんで」

最後にリュウタロス。「おまえ、ぜっっっったいとっちめてやるからね！」

最後のは、ちょっとよけいだったみたいだ。

黙って控えていた津野崎さんが、さっと足を前に進めて、青砥さんをガードする体勢になった。

「おかしいのはおまえだ。何が狙いだ?」

ぼくの胸ぐらをつかもうとしたのだろうか、津野崎さんが手を前に出そうとした。

〈モモタロス、だめ!〉

ぼくの制止は遅かった。

反射的にモモタロスが津野崎さんの手を払いのけると同時に足払いを決めていた。

津野崎さんの体が大きくつんのめって車体にぶつかる。

「きゃん!」

小さな声が響き、小さな影が走った。

子犬だ。

車の中のケージにいたジェイドが、驚いて駆けだした。それと見て取って、ぼくの中で、あれほど威勢のよかったモモタロスがたちまち凍りつく。

「ジェイド!」

青砥さんが叫んだ。

ジェイドは、一瞬立ち止まり、逡巡《しゅんじゅん》するように振り返りかけた。

でもそれもほんの一瞬のことで、ダッと再び走りだす。

まっしぐらに交差点を突っ切っていったジェイドが、車にはねられなかったのは奇跡みたいなものだった。紙に包まれた青砥さんの車が立ち往生している車線のほかは、普通に車の往来が続いていたから。

津野崎さんが、体勢を立て直して起き上がった。ジェイドを追いかけようとして。

そこへ、

「ほっとけ！」

青砥さんが短く声を発した。叱責するような激しい口調で。

津野崎さんはたたらを踏み、青砥さんを見やった。

「追わんでいい。私から逃げだすような犬は、私の犬じゃない。あいつも私を裏切った」

つぶやくように言った言葉は、交差点の喧噪《けんそう》の中でも、鋭い氷柱のようにぼくたちの心に突き刺さった。

ジェイドが去った先を見つめる青砥さんの目は冷たく、なんの感情も読み取れなかった。

●

ためらいのあと、ぼくは駆けだしていた。

「良太郎！」

「野上！」

ハナさんと侑斗が声をかけるのもかまわず、子犬を追って交差点を横切った。

〈あぶねーじゃねーかよ、良太郎！〉

モモタロスがぼくの中で泡を食っていた。

が、ぼくは冷静だった。

〈危なかったら、モモタロスが守ってくれるよね。それより子犬をつかまえなきゃ〉

〈子犬だと⁉　そんなもん、それこそほっとけよ！〉

悲鳴めいた声をモモタロスがあげる。

〈モモタロスのせいだよ。モモタロスが津野崎さんに手を出さなかったら、逃げださなかったんだから。ぼくたちに責任がある〉

〈そうだよ、ワンちゃんがケガしたらどーすんのさ！　クソジジイは嫌いだけど、ワンちゃんはかわいーんだからね！　モモタロスのばーか！　モモタロスのクソジジイ！〉

モモタロスとリュウタロスが組んずほぐれつのケンカになる。

「ジェイド！」

名前を呼びかけながら、ぼくは子犬の消えた方角へ走った。

大通りから一本裏に入ると、昼間の盛り場で人通りは少ない。子犬のこととて、そんなに遠くへ逃げられるはずもないし、隠れる場所もあまりない。けれども子犬の姿は見あたらなかった。

こういうとき、モモタロスの鼻を頼れたらいいんだけど、ことが犬だけに、モモタロスの協力は得られないだろう。

早く見つけないと、また大通りに戻って車に轢《ひ》かれてしまうかもしれない。

ぼくはちょっと焦りながら、路地を曲がった。

「ジェイド！」

見つけた。

路地裏の階段を上がりかけたところで、ジェイドが立ち往生していた。

駆けよって抱き上げる。

ジェイドの鼓動が感じ取れる。ハアハアと荒い息を吐きながら、食い入るように何かを見つめていた。

ぼくも見上げ、ジェイドの見つめていたものを見た。

魔犬。

階段の上に、あの魔犬が立ちはだかって、左右色違いの目でこちらを見下ろしていた。

ぼくの心臓も一瞬止まりかけ、続いて激しくビートを刻みはじめた。

地下で見たときとは違って、激しい炎に包まれてはおらず、ときどき全身に火花を散らしている。ディテールが見えた。たぶんレトリーバーの一種。でも、こんなに巨大なレトリーバーがいるはずがない。一頭で、ほとんど道を塞いでいる。ブルドーザー並みのサイズだ。

「良太郎――」

追いついてきたハナさんと侑斗が、ハッと息を呑《の》んだ。

魔犬が、ふっと瞬きをした――ように思った。

ぼくたちが見つめる中、地下のときと同じように、かき消すように魔犬の姿は消えていた。

●

デンライナーがポイントを通過するガタンゴトンという音だけが響いている。

沈黙を破ったのは、やはりオーナーだった。

「すると、ハナ君も侑斗君も、その魔犬とやらを見たわけですね。はっきりと」

「ああ。あれはただの犬じゃない。何かが起こってるのは間違いない」

侑斗の顔からは、青砥さんの車の前で見たような、おもしろがる色は消えていた。

「何かが……」

オーナーは考え深げな顔になった。

「整理してみましょうか。《未来を知る男》と呼ばれる投資家、青砥健介の身の周りに、不可思議な現象が頻発している。工事現場に着物の子どもが現れる。魔犬が出る。青砥を騙る謎の電話があった。模型に蜘蛛《くも》が巣を張った。新しい暖房機が故障した。車が紙に包まれる。——とりとめがありませんねェ。さっぱり整理しようがありません。その上、どれひとつとっても大した異変でもないのではありませんか?」

「魔犬はたしかに《魔犬》そのものです。絶対イマジンがからんでます」とハナさん。

「その魔犬そのものはイマジンではないと言ってましたよね」

「イマジンとは違います。でも、青砥健介にはあやしいとこがあるんです。良太郎にも接触してきましたし」

「それは良太郎君の側から接触した結果ですよね」

「……そうですけど」

「青砥健介についてわかったのは、《未来を知る男》なんて異名を取る稀代《きたい》の投資家が、じつは丹念に投資先の情報を拾っているらしいということです。秘密のベールがひとつ暴かれ、あやしさはぐっと減った。違いますか?」

「………」

「君たちの話を聞いていると、青砥健介にあしらわれ、ちょっとだけ奇妙な現象を取り上げては騒ぎ立て、大きな犬を見て怯《おび》えた……ただそれだけにしか聞こえません。やみくもにあやしい、不思議だと言うだけで、具体性のかけらもない。君たちらしくもありませんねェ」

「って言うけどよ、オッサン」

　またぞろモモタロスがぼくの口を借りて突っかかった。

「じゃあどうしろってんだよ。方針ってやつを示してくれねーと、動きようがないじゃねーか」

「方針ねェ。これまでの事件では、モモタロス君のイマジンのニオイを嗅ぎ取る鼻が、大いに手がかりとなってくれていたはずですが、今回はどうなんです。モモタロス君の鼻は？」

「それは――」

　モモタロスはぐっとつまった。

「青砥健介にイマジンのニオイは感じましたか？　その魔犬とやらには？」

「お、おう。犬野郎からは感じたけどよ……」

「感じたけど、何なんです」

「感じたけど、感じなかったっていうか」

「感じたのか、感じなかったのか、どっちです」

「うるせーな。こないだは感じた気がしたけど、今日は感じなかった気がするんだよ！」

「ほう。感じたり感じなかったり。たしか良太郎君が働いてた酒屋さんでも、感じたり感じなかったりしたのでしたっけ」

「あーあーそうだよ。俺の鼻は繊細なんだ。犬とか酒とか、くっせーのがありやがるとへソ曲げんだよ！」

モモタロスは開き直った。

オーナーは肩をすくめ、

「ヘソは腹にあるものとばかり思ってましたがねェ。今度ひとつモモタロス君の鼻でお茶でも沸かしてもらいましょう。とにかく、方針以前に、まずイマジンがからんでいるかどうか。もしからんでいるなら、その狙いは何なのか。あるいは、イマジンと契約を結んだ契約者がだれなのか。足がかりとなる情報がひとつでもないことには、方針もへったくれもありません」

「オーナー。侑斗は、青砥健介が契約者じゃないかと疑ってるんです」

ハナさんが水を向けた。

「このまま青砥健介をマークし続けてはどうでしょうか」

「彼が契約者だと疑う理由は何です」

「青砥が、なんだかんだ得をしてる気がするからだ」

侑斗はぶすりと言った。

「青砥が祐馬とやらに襲われそうになると、魔犬が現れて阻止した。子犬が逃げたら魔犬が足どめした。そうなることを青砥はあらかじめ知ってたのかもしれない。だから、子犬が逃げだしても追おうとしなかったんじゃないか？」

「仮にそうだとしましょう。子どもから守ってくれたり、子犬のお守りをしてくれる魔犬を出す契約を、イマジンと結んだとでも？　回りくどい上に、青砥ほどの人物の望みとしては小さすぎる気がしますがねェ」

「…………」

「それに、ちょっとしたお得が青砥健介にあったからといって、すなわち彼が契約者だと断じるのは、いささか短絡的ではありませんか。イマジンは人間と契約を交わし、契約者の望みを叶《かな》えようとします。でも、それはあくまでも方便であって、彼らの狙いは契約者の望みを叶えることじゃない。とにもかくにも契約を果たしたし、契約者の記憶を手に入れるのが目的です。イマジンの行動が、ストレートに契約者のためになることなんかほとんどありません。一連の現象が青砥健介を利するように見えたとしても、彼とイマジンとは直接の契約関係はなく、イマジンの活動がねじ曲がった形で青砥健介の身に及んでいると考えたほうが自然ではありませんか。一連の現象にイマジンがからんでると仮定しての話ですが」

「…………」

〈オーナー、あのジジイよりイジワルだ。オーナーもクソジジイだ〉

リュウタロスが感想を述べる。

でも、オーナーの話はいちいち理にかなっていた。

だとしても――、

「だとしても、青砥さんが何か知ってるのは間違いないと思います」

ぼくは言った。

「青砥さんは契約者じゃないかもしれません。でも、身の周りであれだけ不思議な現象が起こってるのに、平然としてる。何が起こっているのか知っているとしか……」

「じつに理屈ですね」オーナーはすんなりと認めた。「では引き続き青砥健介に接触して、できれば今度こそ手がかりを引きだしてください。手づるはありますか？」

「青砥さんのほうから連絡してくるんじゃないかと……」

「彼とは手が切れたのでは？」

「良太郎が彼の子犬を保護したんです」とハナさん。

「姉さんの店で預かってます。あ、もちろん外につないでますけど。姉さんが連絡してくれて、明後日の月曜日に引き取りに来ることになってます」

「子犬を人質にしましたか」

オーナーは愉快そうな顔になった。

「では、私からはこれを。青砥健介に関する新聞記事をいくつかスクラップしてみました。参考になりますかどうか」

と、マジックのように記事の束を取りだしてみせた。

なんだかんだ言いながら、しっかり用意周到なところがさすがだった。

「ありがとうございます」

「それはそれとして、アレはどういうことなんです、侑斗君」

とオーナーは侑斗のほうを見やった。

「アレって？」

「アレといえばアレですよ。愛理さんが侑斗君のためのブレンドを用意してくれたと言ったのに、約束を破ったという話」

「べつに大したことじゃない」

と言いながら、侑斗は目に見えてたじろいでいた。

「デネブがまたよけいなおしゃべりを……」

「デネブじゃなくて、私」とハナさん。「私もちょっと気になったものだから」

「オーナーにまで報告することじゃないだろ」

「いえ大事な情報です。ハナ君にとっても、私にとっても」

たしかに、ハナさんは気になるだろう。姉さんと侑斗の行く末は、ハナさんにもあながち無関係とは言えないのだから。

それにしてもオーナーまで気にするなんて。

「侑斗君、それでは本当の話なのですね、愛理さんが約束を破ったというのは」

「大したことじゃないだろ。人間なんだから、うっかり忘れることだってあるし、言い間違えだってある。俺が聞き間違えたのかもしれないし——〈聞き間違えなんかじゃない！〉」

と、侑斗の口からデネブの言葉が飛びだした。

「俺もたしかに聞いた。愛理さんは、侑斗のためのブレンドがようやく完成するから、この日に来てくれって日付まで指定して呼んでくれたんだ。それも電話なんかじゃなくて、面と向かってハッキリと。なのに、約束を忘れるなんて。侑斗がかわいそうだ。何日も前から、あんなに楽しみにしてたのに——〈楽しみになんかしてない！〉」

と、再び侑斗は侑斗自身の体を取り戻した。

「どうでもいいだろ。たかがコーヒーだ。俺はコーヒーなんか一生飲めなくたって問題ないし」

「たかがコーヒー、ですかねェ……」

オーナーは、再び思案げな表情になった。

●

子犬——ジェイドは、一心にミルクを舐めていた。

ミルク・ディッパーの裏。

　姉さんも、さすがに店や家の中で犬を保護するのは許してくれなかった。けど、ジェイドが夜を外であかすのを、この二晩とも何度も心配して見に行ってくれていたし、食事やリードを用意してくれた。

「犬も、ミルク飲むんだね。ミルク舐めるのは猫だけかと思ってた」

　ハナさんが感心する。

「ううん、犬はミルク飲まないよ。というかあんまり飲ませちゃいけないんだ。犬は、ミルクの脂肪分を消化できないから、お腹壊しちゃう」

「そうなの？　でもこれ――」

「これは山羊《やぎ》ミルク。これなら犬でも消化できるから。パウダーだけど、おいしいよ。飲んでみる？」

「やめておく」

　ハナさんは、ちょっと引きぎみの顔になった。おいしいのに。

「良ちゃん」

　と、勝手口から姉さんが顔を出した。

「今、青砥さんの秘書の方から電話があって、そのワンちゃん、やっぱり要りませんって」

「えっ？」

「引き取らないから、どうでも好きにしてくださいって言うの。困ったわねえ……」

「な・ん・で・す・っ・て」

ジェイドをびくりとさせるくらいに、ドスの利いた重低音でハナさんが言った。

怒ってる。

ハナさんはケータイを取りだし、どこかにかけた。

「侑斗、ちょっと今どこ⁉　わかった。今すぐ行くから！」

ケータイを切ると、猛然とジェイドのリードをほどきはじめた。

「ハナさん、どうするの」

「決まってるじゃない。どういうつもりなのか、青砥に聞きただしてやらなきゃ！　だいたい、月曜になんなきゃ引き取りに来ないってのもおかしいと思ってたのよね！」

すっかり主旨が変わってる。

事件の謎を解き明かすために青砥さんに接触しようとしてたのに、テーマが犬になってる。「目的と手段をごっちゃにするな」とさんざん説教をくれた本人なのに。でも、こういうモードになったときのハナさんは、だれが何を言っても貸す耳を持たない。けど、意外なところからツッコミが入った。

「ハナちゃん、やめなさい」

と、姉さんに言われ、ハナさんはぴたりと手を止めた。

姉さんは言葉を継いだ。

「青砥さんが言うんだから、何か事情があるのよ」

「事情って……何ですか」

「わからないわ。わからないから、わかるまで様子を見てあげなきゃ」

「私はそうは思いません。第一おかしいじゃないですか。犬が逃げだしても追っかけないし、拾ってあげたら好きにしろだなんて」

「おかしいって思うってことは、やっぱり事情があるってハナちゃんも思ってるのよ。そうでしょ？」

姉さんはおだやかに笑顔で言った。

ハナさんは、すっかり気勢を削がれて黙りこくった。

「でも姉さん、この犬、ここで飼っていいの？」

「困ったわよねえ。ここだと雨が降ったら濡れちゃうし」

「店の中に入れる？」

「そうもいかないわよねえ。お客様だって犬が好きな人ばかりじゃないし、お店だって近いうちに引き払うことになりそうだし――」

「えっ⁉」

と驚いたのはハナさんだ。

ぼくは、（やっぱり）という思いでいた。

「まだ決めたわけじゃないんだけど、青砥さんにおまかせしようかと思ってるの。今の電話は、その件もあったんだけど……」

「でも愛理さん、お父さんとお母さんが遺した、大切なお店なんでしょう」

「私は、このお店を継ぎたくてやってるんじゃなくて、やりたくてやってきただけだから」

姉さんはにっこりと笑った。「お店を閉めるって決めたわけじゃないの。新しい駅ビルに移って、そこで新しいお店を開いてもいいそうよ。もし閉めるんだったら、良ちゃんが自分のお店を開けるくらいのお金は残りそうだし。もちろん良ちゃんがやりたかったら、だけど」

ズキリとした。

そうなのだ。たぶん姉さんは、そういうことを考えていると思ってた。

「姉さん、ぼくのためだったら――」

「そういうわけじゃないのは、良ちゃんだってわかってるでしょ。まだ決めたわけじゃないんですからね。あとで話し合いましょう」

「でも……でも……」

ハナさんは、言葉が見つからないふうだった。

「よりによって、青砥健介に売るだなんて」

「ハナちゃん、人のことをそんなふうに言っちゃダメよ。青砥さんはいい人よ」

「姉さんは、こないだもそう言ってたけど」

ぼくは疑問を口にした。

「なんで青砥さんがいい人だって言い切れるの？」

「あら、良ちゃん忘れちゃった？」

姉さんは意外そうな顔をした。

「お店をはじめたばかりで、まだあんまりお客様も来なくて、どうしようかなって思ってたころ、青砥さん、来てくれてたじゃない」

（！）

おぼろげな記憶がフラッシュバックした。

ぼくは、そのころまだ普通に高校に通ってて、今みたいに昼間からミルク・ディッパーに入り浸るなんて生活じゃなかったから、それほどお客さんの動向を知ってるわけじゃない。それに、この店を姉さんが開くきっかけになった人のほうが、そのころのぼくにとっては、ただ一人といっても過言ではないくらい大切なお客さんだったから、他のお客さんのことをきちんと気にしてなかった気もする。今の常連の尾崎さんや三浦さんだって、常連になったのがいつごろからだったか、ぜんぜん覚えがないくらいなのだ。

けれども。

「あれが——青砥さん？　いつか、犬を店に連れてきて、姉さんが犬はダメだって断って……」

その人は、言われて犬を裏につないだ。

ちょうど、今ジェイドがつながれているところに。

それで自分は店の中に座ったのだけど、犬のことが気になって気になって仕方がないらしく、しょっちゅう勝手口のほうを振り返っていた——。

「最初来たとき、青砥さん、何でも二つずつ注文したのよね」

姉さんはくすりと思いだし笑いした。

「私、てっきり待ち合わせで、あとから来る人のぶんを頼んだのかと思ってたら、ひとつをこっそり裏に持っていこうとするの。裏につないであるワンちゃんのところにね。そのときわかった。青砥さんが注文したのは、ミルクとか、パストラミのサンドイッチとか、ワンちゃんに食べられそうなメニューを選んだんだって。でもミルクもパストラミも、ワンちゃんにはダメですよって私は止めたの」

そういえば、そんなことがあった。

「ワンちゃんに食べられるものを用意しますからって言ったんだけど、考えたら、そのときは何もなかった。せっかくワンちゃんにも来ていただいたのに、何も……。そのとき、青砥さんに教えていただいたようなものなの。《ミルク・ディッパー》なんて名乗ってるくせに、『うちはこういう店です』ってお客様に押しつけてた。そうじゃなくて、どんなミルクもお客様に合わせてお出しできる《ミルクさじ》にならないといけないんだって」

犬も来るかもしれないし、牛乳は受けつけないけれども本式のカフェオレを飲みたいお客さんだっているかもしれない。そう言って、姉さんは山羊ミルクみたいな、メニュー外の品も常備するようになったんだ。どんなお客さんも受け入れられる店にするために。

そのきっかけをつくってくれた青砥さんは、足しげくといっていいほどミルク・ディッパーに通ってくれたけれども、いつしかぱったり顔を見せなくなった。

あのころの青砥さんは、おだやかで、優しい目をした人だった。

何年も経って、東京ワールドタワー騒ぎでメディアに取り上げられたとき、知っている人だなんてちっとも気づかなかった。ずいぶん印象が変わってしまったせいもあるに違いない。

「青砥さんは、ぼくのことをつきとめたんじゃない。知ってたんだ。もともとミルク・ディッパーのことも知ってたし、ぼくにも会ったことがあったんだ……」

忘れてたのは、ぼくのほうだ。

青砥さんに何度となく会っても、思いだしもしなかった。

「青砥さんがうちの店に来たのは、パストラミのサンドイッチがあったからなんですって。パストラミがワンちゃんの大好物だったから。でも、ああいう塩漬け肉はワンちゃんの身体によくないんですよって言ったら、『知らなかった』って蒼ざめて、ワンちゃんにまで謝ってた。喫茶店を選ぶのに、ワンちゃんのことを真っ先に考える人に、悪い人がいるはずないでしょう?」

姉さんは断言した。

「だとしても……いえ、だとしたら」ハナさんがぼくの手を取った。「よけい青砥健介に会わなくちゃ」

「そうだね」

ぼくは青砥さんに会わなくちゃいけない。

ぼくはジェイドを見た。

何か事情があるなら、この子のためにも、それを知らなくちゃいけない。

それに……もしかしたら、ぼくは青砥さんに謝らなくちゃいけない。

●

「遅かったな」

ハナさんとぼくを迎えた侑斗は、門の前でむすっとしていた。

「青砥はこの中だ」

「アオト宅食……？」

「グループ企業のひとつ。年寄り向けに弁当を宅配するビジネスらしい。今は幹部会議だかお得意様会議だかをやってる」

門のむこうに、黒塗りの車が何台か停まっているのを侑斗は顎でこなした。

「あら。金の亡者かと思ったら、世の中のためになる仕事もやってるじゃない」

「ためになるとは言い切れないけどな」

と、侑斗はむっつりと言いながら、手に持った紙切れを示した。

「この会社が配ってるチラシを読んでみた。よさそうなことがいろいろ書いてあるが、よく読むと小さい字で『月額制で前払い』とか『キャンセルや変更は不可』とか、企業側に都合のいい条件ばかりが並んでる。あんまり誉められた会社とも思えない」

「そうなの……」

「デンライナーのオーナーが集めた記事を総合すると、青砥のやってるサイドビジネスはどれも似たり寄ったりだ。資金力にものをいわせ、発言力を高め、ライバル企業を駆逐して、末端から金をふんだくる。人を人とも思ってない」

その記事を読んで、ぼくも同じような印象を受けていた。

でも、さっき姉さんに以前の青砥さんのことを気づかされて、ぼくの青砥さんに対する見方はちょっと変わってきていた。

もし、今の青砥さんがみんなが言うように、お金のことしか考えない人だったとしても、昔の彼はそうじゃなかった。

さっきの姉さんのエピソードを侑斗に伝えた。

「あの人らしいな」

姉さんが、青砥さんのことを『いい人』と評したのを聞いて、侑斗は苦い顔をした。

「店に来る客は、ぜんぶいい人だと思いこむ。この世界は、あの人が思ってるほど、いい世界じゃないのにな」

違うんだよ、侑斗！

ぼくは叫びたかった。

姉さんだって、そんなにお人好しじゃない。いろいろあって、暗くなっていた時期だってあった。

姉さんが、この世界がいい世界だと思えるようになったのは、ある人と出会ったせい——桜井侑斗という人と出会ったおかげなんだ、って。

でも、当然ながらそんなことは、今の侑斗に言えるはずもなかった。

ぼくに言えたのは、

「何かあったんだと思うよ。青砥さんには」

が、せいぜいだった。

侑斗は鼻で笑った。

「何があったにしても、子犬の件はいただけないな。子犬をほったらかしにしてブラック企業の会議に参加してるって、人間としてどうなんだ。俺は正直、イマジンじゃなくて、青砥を倒したくなってきた」

「ちょっと同感」

と、ハナさんまで鼻息を荒くした。

●

騒ぎが起こったのは、このすぐあとだ。

悲鳴とともに、建物からスーツ姿のおじさんたちがわらわらと駆けだしてきた。何かを一生懸命手で振り払おうとしている。

「入れ歯――？」

冗談のような一コマだった。

おじさんたちの頭や肩や腕に咬《か》みついていた。入れ歯――って言っていいのかどうか、よく歯医者さんに置いてある歯の模型みたいな、上下の歯ぐきがついている、アレが。

がっちり食いこんでいるらしく、みんな懸命に引きはがそうともがいているけれども、なかなかはがれない。また一人、奥から駆けだしてきたおじさんが、宙を飛んできた入れ歯に咬みつかれて悲鳴をあげた。

笑える見かけとはうらはらに、相当痛いのだろう。先に駆けだしてきた人たちは、地面をのたうつようにしてもがいている。

けど、彼らに構ってる余裕はない。

ぼくたちは、

「青砥はッ⁉」

と叫んだ侑斗の声を号令に、建物へと走りこんだ。

入り口をくぐると、
カチカチ、カチカチ――。

上の階から、物を打ち合わせる音が響いていた。

容易に想像がついた。多数の入れ歯が、歯を咬み合わせている音だ。

「デネブ、来い！」

「モモタロス、来て！」

ぼくたちはそれぞれイマジンにスイッチして、戦闘モードに入った。

空中を飛んで襲ってくる入れ歯を、次から次へとはたき落としながら、階段を駆け上がった。

二階の廊下は、すごい光景になっていた。コウモリの群れみたいな、入れ歯の大群が頭上を飛び交っている。

歯をカチカチ鳴らす音が、サラウンドでぼくたちを包みこむ。

〈モモタロス、あそこ！〉

廊下の中央に、ドアが開け放たれた部屋があり、そこを入れ歯の群れが出たり入ったりしているようだった。

「ああ。俺は歯医者なんざ、怖かねーんだよ！　虫歯になんかなったことねーんだからなっ！」

「歯はイマジンの命だ〜〜！」

モモタロスとデネブは、それぞれわけのわからないことを叫びながら、ヤケクソみたいに、入れ歯の群れがうずまく廊下に突入していった。

ハナさんもぴったりついてくる。

入れ歯との戦い——というシュールな状況をくぐり抜けて、ぼくたちはやがて会議室に突入した。

室内には、百個はくだらないだろう入れ歯が暴風雨みたいに荒れ狂っている。

テーブルも椅子も、咬み砕かれてめちゃめちゃだ。

〈津野崎さん！〉

そんな中、青砥さんの秘書の津野崎さんが、床に突っ伏すようにしているのが見えた。全身に入れ歯が咬みついている。

もう前も見えないほどに入れ歯の群れが飛びかかってくるのを払いながら、モモタロスは前進した。

「おデブ、ドア閉めろ、ドア！」

「おう！」

背後で侑斗がドアを閉め、バリケードをつくる。

あとは、室内の入れ歯だけが相手だ。幸いにして、閉め切った窓の外には入れ歯の影はなさそうだ。

ハナさんも交えてしばらく奮戦し、あらかたの入れ歯を退治した。

津野崎さんの体から入れ歯をむしり取ると、

「おまえら……」

津野崎さんはうめくようにぼくたちを振り向いた。だいぶ痛そうだけれど、大ケガと言うほどではなさそうでホッとした。

彼が身を起こすと、体の下には、やはり青砥さんが床に伏していた。

津野崎さんが身をもって守ったのだ。

「うーむ」

と青砥さんは一声うめき、

「痛い」

とひとこと言った。

ぼくはドキリとした。青砥さんの体には、入れ歯は見あたらなかったけど、どこかケガでもしてるのだろうか。

青砥さんは、上半身だけを起こし、津野崎さんをにらみつけた。

「痛いじゃないか。津野崎、どういうつもりだ。いきなり押し倒したりして」

「申しわけありません。社長が危険だと思ったものですから」

「それにしても乱暴すぎる。あんなもの、簡単に避けられる。現に避けている」

「あんたね……」

ハナさんが、あきれたように言う。

「その言いぐさはないんじゃない。津野崎さんが守ってくれたおかげでしょ。おかげであんたは、傷ひとつないじゃないの」

「傷ひとつないだと？」

青砥さんが怒ってハナさんをにらむ。

「見ろ！」

と、青砥さんはワイシャツの襟元をはだけた。

そこには、クッキリと歯形がついていた。

「このていたらくだ。どうせ守るなら、もっとしっかり守れ！」

青砥さんがわめいた拍子に、歯形から、歯が一本、ポロリとこぼれ落ちた。入れ歯が咬みついたときに、勢いで抜けた歯が一本残ってたらしい。

「ぷっ」

ハナさんが笑った。

釣られて、ぼくも笑う。

が——、侑斗は、笑わなかった。

「あんた——それ、咬まれたのか」

「ああ。すぐ振り払ってやったがな」

「そうか。咬まれたのか……」

侑斗は、考えこむ風になった。

「侑斗、どういうこと？」

「やっぱり契約者は別にいるぞ。一見、青砥に屈服してるように見せかけてるヤツだ。それも、たぶんこの近くに」

と、侑斗は断言した。

「デンライナーのオーナーに言われてから考えてた」

廊下を足早に歩きながら侑斗は言う。

すでに入れ歯の大群はどこかに去っていた。モモタロスたちが破壊した入れ歯の残骸《ざんがい》が廊下のあちこちに転がってなければ、あの不思議な襲撃はなかったかのような静けさだった。

「一連の現象は、青砥を利してるように見えて、逆に、青砥に対する攻撃なんじゃないかってな」

「魔犬とか、子どもとか、紙とかが?」

「ああ。その攻撃は、これまでたまたまうまく行ってなかった。だから青砥に実害はなかったし、俺たちも攻撃として認識できなかったんだ。そう考えたら、だいたいつじつまが合う」

早足で歩く侑斗についていくのもたいへんだったけど、考えについていくのも難しかった。

行き当たりばったりに思える一連の現象に、つじつまが合う——?

「『だいたい』って何よ」とハナさん。

「だいたいは、だいたいだ。はっきりわかったわけじゃない。カンとか、ひらめきみたいなものだ。でも、俺のカンが正しければ、契約者はすぐ目と鼻の先にいて、青砥の様子を窺《うかが》ってる」

〈良太郎！〉

ぼくの中で、モモタロスが叫んだ。

〈イマジンのニオイだ〉

〈たしかなの⁉〉

〈今度という今度は間違いねえッ！〉

ぼくたちは走った。

侑斗の言葉と、モモタロスの鼻を信じるしかない。

階段を駆け下り、建物の外に出ると――。

いた――。

車寄せのあたりで、さっきまでのたうち回っていたおじさんたちが傷口をさすっている

そのむこうに――。

門の陰から、こちらを窺っている、その人は――。

「北浦さん！」

北浦さんだった。

「まさか、契約者が北浦さんだったなんて」

「の、野上君？　なんでここにー。やっぱり青砥のスパイを続けてるのか？」

「北浦さん。イマジンと契約をしましたね？　青砥さんを攻撃させる契約を……」

「わ、私は知らない――」

北浦さんが白を切りかけたとき、影が空中からさっと現れた。

「契約完了っス」

と、猫のイマジンが言った。

北浦さんは色をなして抗議した。

「完了なんかしてるものか。青砥はちっとも――」

「もう充分っス。おまえとの契約は果たしたっス」

猫のイマジンは言い放ち――北浦さんの中に消えた。

正確に言うと北浦さんの《記憶》の中に。

北浦さんの記憶をたどり、過去へとジャンプしたのだ。

イマジンの姿が消え、北浦さんはへなへなとその場にくずおれた。

「……北浦さん。どうしてイマジンなんかと？　しかも青砥さんを攻撃させてたなんて。

北浦さんは、青砥さんの計画に賛成してるとばかり思ってたのに」

「賛成だよ。青砥から話を聞いて、いい話だと思った。店を売り払って、その金で祐馬を
大学にやる。私は楽隠居できるし、祐馬は自分の好きな道を歩める。税金のこともあるか

ら、計画のお先棒くらい担いでやろうと思った。それがいちばんいいことだって。いいことだってわかってるんだが——」

北浦さんは砂利をつかんだ。

「再開発の話を聞く前までは、私はずっとあの店をやって、祐馬に継がせるつもりでいたんだ。あんな時代遅れの店の跡取りじゃかわいそうかもしれないが、それが私の夢だった。でも、青砥のでっかい話を聞いてしまったら、私のちっぽけな夢なんて、くだらなく思えてきた。再開発には大賛成だし、一個も文句ないよ。文句はないが、あんな守銭奴に私のちっぽけな夢を踏みにじられるのが、どうしても許せなくて……。せめて……せめてあいつに……」

「気持ちはわからなくもないけどねぇ」

前ふりもなく、自分の口からウラタロスがしゃべりだしたので、ぼくはびっくりした。

「青砥って、自分でそう装ってるほど守銭奴でもないって気がするんだよねぇ。たとえば、あんたの家の情報を良太郎に集めさせてたの、何が狙いだったたと思う?」

「北浦さんの弱みを握りたかったから……じゃないの」

ハナさんが言うそばから、ウラタロスは「ちっちっ」と偉そうに否定した。

「青砥はそんな言い方してたけどさ。でも弱みって、裏を返せば、ホントのメリットはどこにあるのかってことでもあるよね。良太郎の情報から青砥が引きだした結論って、要は、必要なキャッシュを期限内に確実に渡すってことでしょ。さらに、孫に大学進学を斡《あっ》旋《せん》するとか、酒ができたら全国チェーンに流してやろうとか……それって実現したら、願っても得られないようなすごい優遇措置じゃないかなぁ。交渉用の空手形だなんてうそぶいてたけどさ、たかだか古ぼけた酒屋を買い取るだけのことなんて、大企業の社長さんがみずから気にかけるほどのビッグディールじゃないよねぇ。もしかしたら、あんたのそんなジレンマに感づいてて、少しでもあんたたちにメリットのあるディールにしてやれないかって考えてたのかも。——なーんて想像しちゃったら、ぼくにしてはお人好しすぎるかもだけどねぇ」

〈そ、か……〉

ウラタロスの深読みは、ポジティブ方面にも働くんだ。

青砥さんは一筋縄ではいかない、裏表がある、って彼がくり返してたのは、そういうことか。

もちろん当たってるかどうかはわからないけど、北浦さんは彼の言葉を聞いて、「私はなんてことを……！」と地面に突っ伏した。

でも、ぼくたちには北浦さんをフォローしている余裕はない。

ハナさんが、空チケットを北浦さんの背中にかざす。

イマジンが過去へとジャンプしたショックが残した航跡を、契約者の記憶から読み取り、日付をチケットに刻むのだ。

「二〇〇五年、二月十日――」

チケットに日付が刻印され、時の列車への乗車要件が満たされた。

警笛がとどろいた。

空の一角が割れ、デンライナーの、陽光に照らされて銀色に輝く車体が姿を現した。

6

第二のイマジン

「私たちは、大切なことを見過ごしていたのかもしれません。何か、ものすごく大切なことを……」

オーナーが言った。

ぼくたちは、北浦さんが契約者であることをつきとめ、猫のイマジンが過去へとジャンプするのを目撃し、後を追ってイマジンを倒した。

その帰路。

いつもだったら、モモタロスあたりが調子に乗って、ナオミさんのコーヒーで祝杯をあげているようなシチュエーションだ。

しかし——。

事件はまだ終わっていない、とオーナーは言った。

ぼくたちが見過ごしていることが何かあっただろうか……。

「もう一度、今回の事件を振り返ってみましょう。良太郎君たちが乗りだすきっかけになったのは、《魔犬》が出るという噂からでしたね。青砥健介という投資家が注目され、その人物の周りに、いろいろと不思議な現象が起こっているのを、良太郎君たちも目の当たりにした。地下に子どもが出た、魔犬が出た、模型に蜘蛛《くも》の巣が張った、暖房機が粉を吹いた、車が紙に包まれた。そして、最後は入れ歯が襲ってきた。そんなところでしたね？」

「ええ」

「そして、侑斗君の名推理で契約者が判明した」

「推理ってほどじゃないが」

と侑斗がぶすりと言った。

「俺は……一連の現象の共通点を考えてみただけだ」

「共通点⁉」

ハナさんが、すっとんきょうと言える声をあげた。

「あのデタラメな現象に、共通点なんかあった⁉」

「まあ、だいたいな。子ども、紙、蜘蛛の糸、暖房、歯――ぜんぶ音読みが『シ』なんだ」

「『シ』⁉」

『子』『紙』『糸』『歯』――と、侑斗は空中に書いてみせた。

「暖房はどこよ。シなんかないじゃない」

「シリコンだろうな。シリコンの『シ』か、元素記号の『Si』か」

「シリコン？」

「暖房ってのがファンヒーターだったんだと思う。シリコンが付着すると、安全装置が不完全燃焼と誤認して、火が点かなくなるんだ。普通はヘアスプレーとかに入ってる微量なシリコンが長年にわたって付着しないと起こらない現象だが、たぶん一気に部屋がシリコンで満たされたんだろう」

「よくそんなことわかるわね」

「だが、これもファンヒーターが反応しなければわからなかった。きっとほかにも『シ』に当たる現象はいっぱい起こってたんだ。たとえば、野上を青砥の使用人として雇いたいと電話があった件。あれも、使用人の『使』を青砥にぶつけようとしたイマジンのしわざだったのかもしれない」

「『シ』ね……」

「それと、もうひとつ共通点がある。『一』だ。車を包んだ紙な、ご丁寧に、一枚の紙だけでキレイにやってのけてたろ。子どもは一人、糸は一本、シリコンは一気、紙は一枚。青砥を襲った歯だって、あれもたぶん一本だ。歯が一本しかない入れ歯みたいなのが咬《か》みついた。だから、他の人間はさんざん咬まれてヒイヒイ言ってるのに、青砥一人だけケロリとしてたんだ」

「津野崎さんが身を挺《てい》して守ったからだと思ってた。でも、その共通点が、どうして契約者につながるの？」

「……カンみたいなものだと言っただろ」

なぜか、侑斗は恥ずかしそうな顔になった。

「『一矢報《いっし》いる』じゃないかと思ったんだ」

「はあ？」

「『青砥に一矢報いたい』という望みを持った契約者がいて、『イッシ』って言葉がわかんなかったイマジンが、手当たり次第に『ひとつのシ』を青砥にぶつけてたんじゃないかって」

「はあ……」

ハナさんは笑いだした。

「侑斗、それ、親父ギャグじゃない」

「俺が考えたわけじゃない」

侑斗はムッとして、「俺はイマジンの行動から、契約者の望みを逆算してみただけだ」

「それにしたって、そんなの逆算できたら充分オヤジよ。一子、一糸、一紙、一歯——それで歯が一本だったのね」

ハナさんはひとしきり笑ってから、けろりと真顔になって聞いた。

「それで、魔犬はどうなるの？　一頭とか一匹とか数えるかもしれないけど、イッシとは言わないわよね」

「言わないな」

侑斗は嘆息《たんそく》した。

「魔犬さえいなかったら、ひととおり説明はつく。でも、魔犬だけはどうしてもハマらない」

「何よそれ。ぜんぜん名推理になってないじゃない」

「『だいたい』って言っただろ」

「——やはり、そうですか」

と、オーナーが引き取った。

「たしかにイマジンは倒しました。しかし、魔犬の件は腑《ふ》に落ちない。良太郎君たちが乗りだすそもそものきっかけだったというのにねェ。つまり、事件はまだ終わってないどころか、何ひとつ解決してないのではありませんか？」

「…………」

ぼくたちは沈黙するほかはなかった。

イマジンは倒したのに、事件は何ひとつ解決してない？

どういうことだろう。

「オーナー」

おそるおそる、という感じでハナさんが聞く。

「さっきのイマジンと《魔犬》は、関係ないってことですか？　《魔犬》はまだこれからも出没するんですか？」

「さあ？　それはもとの時間に戻り次第確認するしかありません。それともうひとつ、私が気になって気になって仕方がないことがあります。例の、愛理さんの一件です」

侑斗がぴくりとする。

「侑斗君との約束を反故にするなんて、私がこれまで聞いている愛理さんの性格からすると、とうていありそうもないことに思えます」

「――だから、それは俺の記憶違いだ」

侑斗は目に見えて色をなした。

それをオーナーは手で制して、

「良太郎君、どうでしょう? お姉さんは、侑斗君と約束して、なかったことにするような人ですか?」

「姉さんは、変わった人かもしれません。ぼくが言うのもなんですけど。でも、人との約束を忘れるようなことはないと思います。今度だって、ぼくがすっかり忘れていた青砥さんのことを、姉さんだけは覚えてました。もう何年も経ってるのに」

「なるほど。愛理さんが、忘れるはずがない約束を忘れている。ならば答えはひとつです。『そんな約束はなかった』――」

「だろうな。約束したと思いこんだのは俺の早とちりだ」と侑斗。

「でも、私の知る侑斗君は、そういう早とちりをしそうもない、慎重な人間です。ましてや愛理さんに対しては――。さてここで問題です。もし侑斗君の記憶も正しく、愛理さんの記憶も正しかったとしたら、どうなります？」

　ぼくは一瞬、オーナーが何を言っているのかわからなかった。

　侑斗やハナさんも同じようだった。

　みんなして、きょとんとオーナーを見つめた。

　やがて、ハナさんがぽつりと言った。

「侑斗と、愛理さんの時間が違う……ってことですか？」

「じつはですね、私はその前から、うっすら疑問に思っていたことがあるのです」

　オーナーは、ハナさんの質問にストレートには答えなかった。

「良太郎君の時間で建設中の、東京ワールドタワー……あれは、前からありましたっけ？」

「前からって……。建設中ですから、まだないですけど」

　そう答えると、オーナーはもどかしげに首を振り、

「そういうことではありませんよ。ハナ君はどうです？　東京ワールドタワーを知っていましたか？」

「良太郎の時間では有名ですから。完成したら一キロの高さになるんでしょう？」

「俺は、知らなかった……気がする」

　侑斗がつぶやいた。

ぼくは侑斗を見て、ちょっとびっくりした。

侑斗が、目を見開いて、愕然《がくぜん》としたような顔をしていたからだ。

「あんなおおげさなものを建ててるなんて、聞いたことなかったと思う。ただ俺は、野上の時間には出たり入ったりだからな。自信はないが……」

「やはり……」

オーナーは深々と息を吐いて、すっかり手が止まっていたチャーハンに再びスプーンを差した。

「東京ワールドタワー。スカイツリーを凌駕する東京の新名所として構想され、二〇一〇年着工、二〇一五年に竣工《しゅんこう》します。スカイツリーより四百メートルも高い、世界最大級の建造物。私も当然知っています。しかし同時に……ついこないだまで知らなかった気もするのです」

「知ってるのに、知らなかったって……どういうことですか」

「私やハナ君や侑斗君は、いわば時の旅人。良太郎君のように、ひとつながりの時間を生きている人とは、違う時間を生きている。それでも時の運行は基本的に一本線です。別々の線路を走っているのではなく、良太郎君も私たちも、同じ線路の上を走っている。同じ線路の、どの地点を走っているかの違いしかない」

オーナーは、チャーハンのスプーンを口に運ぶ手を一瞬止めた。

「もし、線路が敷き直されたとしても、私たちのだれにも知るすべはありません。線路は一本しかないのですからね。その上を走っているかぎりにおいては、時は正しく運行しているように見えてしまいます。しかし――線路が敷き直された地点にはポイントができる。ポイントを通過するときに感じる若干のショック――それを、私は、東京ワールドタワーに感じた気がするのですよ」

だんだんと、オーナーの考えていることがぼくの頭にも染みてきた。

「《東京ワールドタワー》なんてなかった……」

ぼくは言い、自分で言った言葉に、衝撃を受けた。

「さすが、良太郎君は飲みこみが早いですね」

オーナーは、口に含んだチャーハンを飲みこむのも忘れているようだった。

「私たちはいつの間にか、本来あるべき時間とは別の時間の上を走っているのかもしれません。先ほどモモタロス君たちが倒してくれたイマジンは、二〇〇五年二月十日の向島《むこうじま》に現れたのでしたね？」

「祐馬君のお父さんお母さんが亡くなった日で、向島は二人が暮らしていた酒蔵があった場所で――」と、ハナさんがおそるおそる言う。

「契約者にとってはそうかもしれません。でも、イマジンにとっては？　その日とその場所を強く記憶する契約者を選んだ狙いは何でしょう？」

「スカイツリーの建設が決まった日か！」

侑斗がまっさきに気づいた。自分の時間でもないのに。

「正確には、そのちょっとだけ前ですね。新東京タワーの誘致をめぐっては、墨田区《すみだく》はもちろん、各候補地が激戦を繰り広げ、いろんな計画が入り乱れました。東京ワールドタワー計画も、もともとそのひとつ。その中でも押上《おしあげ》が一歩抜きん出たのは、事業としての先行きが見えたのが大きかったようですねェ。二〇〇五年二月十日に曳舟《ひきふね》で開かれた決起大会で、東武鉄道の事業参加が正式発表され、押上の優位が確定します。しかし、もしその日に近隣一帯が壊滅したら？　大会がつぶれるのはもちろんのこと、墨田区も鉄道会社も新東京タワーどころではなくなったとしたら……？」

「押上にスカイツリーは建たなくなり、東京ワールドタワーが新東京タワーとしての第一候補に躍りでる可能性が高まる」侑斗がオーナーの言葉を引き継ぐ。「スカイツリー計画をぶっつぶして、代わりにワールドタワーを建てるのが、イマジンの狙いだったってことか……？」

ぼくは懸命に記憶を探った。「でも……スカイツリーが押上に建つことが決まったあとも、ワールドタワー計画は進んでたんですよ。電波塔としての用途とは切り離して。だから、計画が頓挫《とんざ》しかけたとき、青砥さんがホワイトナイトだかなんだかで登場して、マスコミにもてはやされたんです。——え？」

またしても、ぼくは自分で自分の言ったことに混乱した。

「そうか……。計画は頓挫しかけてた。ほんらい、ワールドタワーは建たないはずだったんだ……」

「まさに」

オーナーはうなずいた。チャーハンを飲みこんだだけかもしれないけれど。

「私は、ワールドタワーはもちろん、エイトライナーにも同様の違和感を感じています。ほんらい、進むはずのない計画が進んでいる……。先ほどのイマジンは、そうした無理スジを万全のものにする後押しをしようとしていたにすぎないのではないでしょうかねェ」

オーナーはスプーンを振り立て、今度こそ、チャーハンをごくりと飲みこんだ。

「私が言いたいのは――先ほどのイマジンとは別に、第二のイマジンがいるのではないかということです。そいつこそが本当の敵です。そして、そいつは私たちの気づかないうちに、すでに目的を完遂し、まんまと時間を書き換えてしまったのではないか……ということです」

7

幕間

良太郎君が自分の時間に去り、ハナさんも後について降りました。

侑斗君も自分の列車・ゼロライナーに一度戻りました。

デンライナーにも、しばらくぶりに静寂の時が訪れました。食堂車も照明を落とし、かたづけの時間です。

「私もそろそろ寝ましょうか……」

オーナーは、軽く伸びをします。

「ナオミ君、チャーハンごちそうさまでした」

「どういたしまして。またどうぞ～」

「おやナオミ君、ずいぶん他人行儀ではありませんか？」

ナオミさんがそっけない顔をするのを、オーナーは気にしました。

「だって……」

ナオミさんはふくれっつらをつくります。

「みんな話に夢中で、私のコーヒーを飲んでくんないんですもん～」

「ナオミ君の絶品のコーヒーを飲んでもらわなくては、せっかくみんなにデンライナーに乗ってもらった甲斐《かい》がないですねェ。私としたことが、乗客サービスを怠っていたようです。反省っ！」

と、オーナーは日光の猿になりました。

ナオミさんは、ぷっと笑いながら、

「じゃ、オーナーが飲んでくれますか～？」

「私はチャーハンでお腹がいっぱいで」

「ごまかさないでくださいよ。オーナーはお腹より、頭が愛理さんのことでいっぱいなんでしょ～？」

「そうですねェ」

オーナーは、一瞬の逡巡《しゅんじゅん》を見せ、あきらめたようにステッキを抱えて座り直しました。

もうここには、オーナーとナオミさんしかいません。

オーナーは、他のだれにも見せないような深いため息をつきました。

「愛理さん、侑斗君、ハナ君……。どうしたらいいんでしょうね」

「カンタンですってば～」ナオミさんは、明るく言い放ちます。「愛理さんと侑斗が結ばれたら、その子どもとして、ハナさんが生まれるんですよね。二人はもともと婚約してたんだし、ちゃっちゃと結婚させちゃえばいいじゃないですか～」

「愛理さんが婚約していた桜井侑斗は、もうどこにもいないんですよ。生まれるはずだった自分の子どもであるハナ君をイマジンの攻撃から守るために、桜井侑斗は自分の存在を歴史から消してしまった。その代わり、後事を過去の自分自身に託して。だから、今の侑斗君はどんなに望んでも愛理さんとは結ばれるはずがないし、ハナ君は生まれるはずがない子どもになってしまった」

「その理屈がぜんぜんわかんないんですけど〜」

「わかりませんよね。彼ら自身にもね。とくに彼らには、気持ちの問題もからみますしねェ」

「気持ちの問題だったら問題なくないですか。愛理さんは侑斗が好きだし、侑斗も愛理さんが大好き。ハナさんだって二人のことが大好きじゃないですか〜」

「そう簡単な話だったらいいんですけどねェ」

オーナーは、これ以上ないほどの深さでため息をつきます。

「そうなると、ハナ君がイマジンの攻撃に対して露出してしまいます。彼らにとって、いちばん消したいのは、ハナ君のように未来を決する分岐点の存在ですから。それを消すためにイマジンはあれやこれや策を弄《ろう》して過去に飛《と》び、時間を書き換えようとしています。だから、かつての桜井侑斗は自分自身の存在を賭してハナ君の存在を守った。そんな彼の思いを、たとえ未来の自分自身だからといって、侑斗君たちが無にできますかねェ。ハナ君を危険にさらしてまで……」

「………」

「ま、それも理屈です。やっぱり彼らの気持ち次第でしょうね。時間は、人々の思いがつくっていくものですから。私たちにできるのは、せいぜいイマジンたちの攻撃を防いでやることくらいです。いえ、『でした』と言うべきでしょうか。今回のイマジンの狙いは何か、どの時間に潜伏しているのか、さっぱり見当もつきません。すでに時間は書き換えられ、時の運行がイマジンの思うがままにされているかもしれないというのにねェ」

「さっきハナさんから連絡がありました。やっぱりワールドタワーは建ってるし、魔犬の噂も消えてないんですって。侑斗は青砥健介のマークをやめて、魔犬を追うことにしたらしいですけど～」

「犬ですか。犬、ねェ。イマジンとの長い戦いに、ついに負けるかもしれないというこの難局にいたって、手がかりが犬……。私たちにできるのは、もう祈ることだけなのかもしれません」

オーナーは、本当に祈るかのように手を組み合わせたのでした。

8

ヒスイ

夜。

運命の夜がはじまった。

この夜を、ぼくは一生忘れないだろう。けど、この時のぼくはまだ、がらんとしたミルク・ディッパーになすすべもなく座っているだけだった。がらんとして見えるのは、店じまいしているからだけじゃない。

〈あのご本がないよ……〉

リュウタロスはさすがに目ざとかった。

書架にあった本の一部が欠けている。姉さんはやはり、店を売ると決めて、整理をはじめているのかもしれない。

姉さんは、商店会の会合に出かけていた。

北浦さんがますます旗振り役を張り切って任じ、こちら側の商店会全体の意向も、再開発計画賛成に傾いているそうだ――という尾崎さんの見立てを耳にした。

主のいない店内で、ハナさんとぼくはテーブルを挟んでいた。

「雲をつかむような話って言うのかな」

ぼくはまだ頭が混乱していた。

「もしオーナーが言うとおり、時間が書き換えられてしまったとしたら、どこがどう書き換えられたのか、どうしたらわかるの？」

「わかりっこない」

「でも、どこかに真実があるなら……」

「真実の時間なんてない。いったん時間が書き換わってしまったら、それが真実の時間になってしまうから……。もとの時の運行がどうだったか、だれにもわからない」

ハナさんは、いつもの快活さを失っていた。

「私がもといた時間は、イマジンに滅ぼされてしまった。私がどんな時間に暮らしていたのか、もうわからない。私の記憶も、時間とともに失われてしまったから……」

「でも今回のこれは、この時間が消滅してしまうみたいな大ゲサなものじゃないんじゃない？　ワールドタワーとか、姉さんと侑斗の約束がとか、せいぜいそんなだよ。放置しておいても問題ないってことない？」

「大ありよ。だって、イマジンは過去にいるんだもの」

「過去にいるだァ⁉」

いきなりモモタロスが前に出て、ハナさんの髪をグイとつかんだ。

「イマジンなら、俺が倒してやったばっかりじゃねーか。俺の活躍まで忘れたとは言わせねーぞ、このハナクソ女！」

「バカモモは黙ってて！」

ハナさんは返す刀でぼくの髪をつかんでひねり倒した。

痛い……。

「別のイマジンがいるってオーナーも言ってたでしょ。バカモモが倒したニャンコちゃんなんか、そいつの手助けをしようとした下っぱにすぎないの。親玉のイマジンは、私たちの気づかないうちに過去に飛んで、今この瞬間も時間を書き換え続けてる。今はささいな食い違いしかないかもしれない。でも、このズレはだんだん広がって、やがて破滅が訪れる。下手をしたら、この時間そのものが消滅してしまうほどの……」

「イマジンが過去で野放しだと？　ああ気持ち悪ィ！　痒《かゆ》い痒い！　早くなんとかしろよ！」

モモタロスは、床の上で全身をかきむしった。

って、ぼくの身体だけど。

「どの過去にいるかもわからないイマジンを探しだすには、契約者を見つけだして、その記憶をたどるしかない。イマジンは、かならず契約者の記憶をたどって過去に飛んだはずだから。でも、イマジンがすでに過去に飛んでるってことは、とっくに契約は完了してるってことよ。どうやって契約者を見つけたらいいの!?　無理無理無理。無理に決まってるじゃない」

「理屈こねてんじゃねーよ」

モモタロスは起き上がって、キッパリと言った。

「どうにかして見つけるしかねーじゃねーか!」

「どうにかって、どうすんのよ!」

「どうにかっつったら、どうにかすんだよ。どうにか! そうだろ、え? ハナクソ女!」

「あんたなんかに言われなくたって、どうにかするときはどうにかするっての!」

再びハナさんが攻撃の手を繰りだしてくるのを、モモタロスはさすがに予期して、さっとかわした。

ぼくは気づいた。

ついさっきまで絶望にうちひしがれてるように見えたハナさんが、すっかり気を取り直して、いつものアグレッシブなハナさんに戻ってる。

〈モモタロス。もしかして、ハナさんを励ますために……?〉

〈まさか!〉

鼻を鳴らして、モモタロスは引っこんだ。

おかげで、ぼくも少しだけポジティブになった。

「やっぱり手がかりは《魔犬》じゃないかな。どう考えたってあれは普通じゃない。イマジンがこの時間で活動したなごりかも」

「侑斗を待つしかないわね。彼は絶対に何かつかんでくる。もっとも、いつになるかわかんないけど」

「もう一度青砥さんに当たってみない？」

ぼくは提案した。

「北浦さんが契約したイマジンとは別のイマジンが相手なのはわかってるけど、青砥さんと魔犬とがまるっきり無関係とは思えない。ぼくたちが魔犬を見たのも、三度とも青砥さんの近くだったし。青砥さんの周りに魔犬が出るって噂が立ったのだって、根も葉もないわけないと思うんだ。青砥さんと魔犬は、きっとどこかでつながってる」

〈えー、あのクソジジイにまた会うの……？〉

とリュウタロスが不平を鳴らした。

〈リュウタロス、やらなくちゃ〉

〈わかってる……お姉ちゃんがお店を移るなんて、絶対ヘンだもんね。このヘンなの、なんとかしなくちゃ〉

リュウタロスの内心の不安が、ぼくにも伝染する。

イマジンの活動と、姉さんが店を移転しようとしていることとは、直接関係ないだろう。ないだろうけれど、まるっきり無関係とは言えないかもしれない。

このエリアが再開発の対象になったのは、東京ワールドタワーやエイトライナーがらみだ。オーナーが言うように、東京ワールドタワーやエイトライナーの建設が進んでるのも、イマジンが時間を書き換えたあおりなんだとしたら、再開発の件もその一環だ。風が吹けば桶屋《おけや》が儲《もう》かる式に言えば――だけれど。

姉さんがこの店をやめるやめないは、姉さん自身が決めることだ。けど、その決断にイマジンの活動がどこかで影響を与えてるんだとしたら、それこそモモタロスじゃないけど気持ち悪い。

ぼくは、テーブルから立ちあがった。

「青砥さんに会いに行こう。どのみちジェイドを返しに行かなきゃだし」

〈あんなの、宅配便かなんかで送りつけちまえばいいだろ！〉

と、約一名が悲鳴をあげてたけれども。

●

ぼくたちは、再び青砥さんの家の前にいた。

「ホントになんの変哲もないのね……」

初めて青砥さんの自宅を見るハナさんが、半ばあきれながらコメントした。

そういえば、この場所を教えてくれた侑斗は、デンライナーを降りてからずっと連絡がない。

〈モモタロス、もう一度聞くよ〉

〈な、何だよ〉

〈ホントに青砥さんからはイマジンのニオイがしなかったんだよね？　秘書の津野崎さんからも？〉

〈ああ〉

ハナさんが腕に抱いているジェイドが気になって仕方がないらしく、モモタロスは言葉少なだったけど、オーナーに追及されたときよりか自信ありげな声だった。

それだけ聞きとどけて、ぼくは呼び鈴を押しながら、体を託した。

こういうときにじつに頼りになるイマジンに。

〈じゃ、行きますか！〉

「もしもし、青砥さんのお嬢さん？　なんだ、お手伝いさんですか。声がお若いから、てっきりお嬢さんかと思っちゃったじゃない。ぼく？　野上です。野上良太郎。こないだも来たんだけどね。今夜は、社長さんの大事なジェイドちゃんをお届けにあがったんだけど。社長に直接お渡ししたいから、取り次いでくれないかなぁ。お礼とか気づかいは要らないって。君と仲良くなれればそれで充分だよ、お嬢さん。じゃなかったお手伝いさん」

とかなんとか、口八丁手八丁で、ウラタロスはまんまと家に上がりこんだ。

「お手洗いはここかな。お掃除が行き届いてるじゃない。君がやってくれてるの？　水回りって風水では家のかなめって言うけど、ぼくに言わせたら君が、家のかなめだね。お嬢さん。じゃなくてお手伝いさん」

お手伝いさんは、とうてい《お嬢さん》と言える年齢の人ではなかったけれど、「お嬢さん」と呼び続けるウラタロスを疑うふうもなく、ニコニコとハナさんともども招き入れてくれた。

言葉の選び方なのか口調なのか、こういうときのウラタロスは、催眠術にでもかけたように人をたらしこんでしまう。

もちろん、いわゆるナンパをしようというんじゃなくて（すくなくとも今回は）、相手を油断させて家の中を改めて観察するためだ。

しかし、そんな神通力も、通じる相手と通じない相手がある。

〈おっと。ぼく、あいつ苦手なんだよねぇ。あとはよろしく！〉

ウラタロスが引っこむと、ぼくは、津野崎さんと面と向かっていた。

「どうぞ」

言葉とはうらはらに、見るからに歓迎していない顔で、津野崎さんは応接室のドアを開けた。

ソファに座った青砥さんも同じだった。

ジェイドを受け取り、「すまなかったな」とひとことつぶやいただけで、あとはだんまり。

「津野崎さんって、もしかしてこちらに住みこみなんですか？　たいへんですね」

沈黙に耐えかねて、ハナさんが世間話を切りだしたけど、青砥さんも、その背後に控えるように——あるいはぼくたちを威圧するように——立ってる津野崎さんも乗ってこなかった。

「そういう話をするために、来たわけじゃないだろう。用件があるなら早く言え」

「じゃあ言います」

ぼくは意を決した。

「歯の模型が襲ってきたりとか、車を紙で包んだりとか、あれがイマジンのしわざだったんです。青砥さんを襲ってたイマジンは、ぼくの仲間が倒しました。おかしなことはもう起きないと思います。けど、まだ別のイマジンが活動を続けてて、もっとよくないことが起ころうとしています。ぼくたちは手がかりがほしい。だから、これだけは教えてください。《魔犬》のことです」

「…………」

「心当たりがあったら教えてください」

ぼくは頭を下げた。ハナさんも、あわてて真似をした。

「魔犬など知らん。そう言ったろう」

「青砥さんがイマジンと契約してないっていうのは信じます。イマジンのニオイに敏感なぼくの仲間も、二人からはニオイがしないって言ってました。でも、魔犬に心当たりがないとはどうしても思えません。どんなささいなことでもいいですから。お願いします！」

「もし都合の悪いことがあっても、遠慮しないで。私たちはイマジンと戦ってるだけで、あなたたちのビジネスとかそういうのには、ぜんぜん興味ないですから」

ハナさんも言葉を添えた。

「…………」

しばらくの沈黙のあと、青砥さんは言った。

「なあ良太郎君、嬢ちゃん。君たちが私のビジネスに興味がないように、君たちが何と戦ってても、私もまるで興味がない。君たちは好きなものと戦えばいいだろう」

「お帰りだ」と、青砥さんが津野崎さんに合図した。

ぼくはつられて立ちあがった。

ハナさんも立ちあがったけど、おとなしく帰るつもりというより、いきり立ってのことだったようだ。

「あんたね！　どんなに偉い人か知らないけど、少しは協力してくれたっていいじゃない。良太郎が、あんたのためにどんだけ駆けずり回ったと思ってんの。『嫌い』とまで言ったのに、その犬が逃げたときだって、あんたが歯のオバケに襲われたときだって。べつに自分には一文の得にもならないのに！」

「一文の得にもならないことをするなら、それは趣味というものだ。私は人の趣味につきあうほど暇人じゃない。君たちはイマジンイマジン言うがな」

ダジャレを言ったつもりはないらしく、真顔を崩さないまま青砥さんは立ちあがり、踵《きびす》を返した。

「もう話は終わった」というそぶりで。

ドアのむこうに立ち去りがけに、青砥さんは振り向いて言い添えた。

「君たちが寝ている間も世界は廻ってる。もうじきニューヨーク市場がオープンし、明け方にはオセアニア市場が開く。マーケットは二十四時間止まらない。私は私の戦いで忙しい。君たちは君たちの戦いをすればいい」

「待ってください。ひとつだけ」

「もう用事はすんだ」

「青砥さん……ぼくは、あなたに謝らないと。あなたのことを誤解してました。姉さんの店を買収しようとしてるのも、北浦さんのことも、きっとよかれと思ってくれてのことだと思います。それを……ぼくはわかってませんでした。『嫌い』だなんて言って、ごめんなさい」

ぼくは頭を下げた。

その頭上を、青砥さんの冷たい声が通過していった。

「よかれと思って？　私は自分の利益のことだけを考えてる。他人の利益まではめんどう見切れんよ」

青砥さんは立ち去り、津野崎さんがドアを閉めた。

●

〈ほんまクソジジイやな〉

津野崎さんに引き立てられるように廊下を送られながら、キンタロスが感想を洩らした。

彼がここまでストレートな悪態をつくのは珍しい。

〈収穫ゼロ。まったく無駄足やで〉

〈そんなこたぁねー。これでクソジジイとはすっぱり縁切りだ。それだけでも儲けもんだぜ〉

モモタロスは、来たときとは見違えるように上機嫌だった。きっと、ジェイドを手放したからだろうけど。

〈たしかに収穫ゼロってことはないね。窓の外を見てごらんよ〉

ウラタロスがうながす先を、ぼく（たち）は見た。

あれは……。

〈ワンちゃんのお家だぁ！〉

狭い庭の一角に、三角屋根の小さな小屋が見えた。リュウタロスが言うとおり、犬小屋っぽく見える。

〈けったくそ悪ィもん見せんじゃねーよ、カメ公〉

〈まあそう言わず。せっかくだからじっくり見てやろうじゃない。あの犬小屋、ジェイド君用にしては大きすぎると思わない？〉

ウラタロスの指摘に、背中に電撃が走った。

風雨にさらされて古ぼけてはいても、立派な犬小屋だ。たしかにポメラニアン用にしては大きすぎる。飼ったことないからわからないけど、ポメラニアンは成長してもせいぜい体重三キロ程度で、十キロや二十キロにはならないんじゃなかったか。それに、ジェイドは見るからに室内犬で、外飼育をする犬種じゃない。

「どうした」

立ち止まってしまったぼくと、つられて窓の外を見ているハナさんを、津野崎さんが振り返って先をうながした。

ぼくは、一生懸命考えをまとめた。

「津野崎さん。この家には、もう一匹飼い犬がいますよね？　いや、そうじゃない……今はいない。きっと以前に」

「あの犬小屋のことか。たしかにいたな」津野崎さんはうるささそうに答えた。

「それってレトリーバーでした？」

「いや……そんな気の利いたもんじゃなかった。ただの雑種だったよ。獰猛《どうもう》な気性でな。ジェイドと折り合いが悪いもんで、遠くにやってしまった」

「いつごろの話です？」

「いつごろだったかな。ずいぶん前だ。もう名前も忘れてしまった」

話を読んだハナさんも質問を加えた。「大事なことかもしれないの。よく思いだして。その犬をどこにやったのか、行き先はわかる？」

「さあな。とにかく遠くだ」

「調べてもらえませんか」

ぼくは、体が打ち震えるのを感じていた。

うかつだった。

ジェイドにばっかり気を取られていて、考えもしなかった。

　青砥さんには、もう一匹——あるいは、もう一頭と言うべきかもしれないけど、飼い犬がいたという可能性を——。

《魔犬》の手がかりが、ついに見つかったのかもしれない。

「調べてください。ぼくたちにとって大事な情報かもしれないんです」

　ぼくは津野崎さんに頭を下げた。

「社長も言っただろ。君たちは好きなものを大事にすればいい。私たちは君たちにかかずらってるほど暇じゃない」

「……てめえ！」

　止める間もなく、モモタロスが前に出てきていた。

「関係ねーとか、余裕かましてんじゃねーよ！」

「な、何を」

　津野崎さんは見るからにたじろいだ。

　彼からすれば、いきなり逆ギレしたように見えたかもしれない。

「ジジイと魔犬野郎がつながってるかもしれねーってんだよ。ジジイが前に飼ってた犬ころが、どっかで魔犬とやらになって、暴れてんじゃねーかっつってんだよ！」

「——なんだって？」

「俺たちが魔犬退治に汗水垂らしてるってのに、知らん顔で夜中に買い物なんかしてやがるなんざ、人間様のやることじゃねーや！　調べろっつったら、とっとと調べやがれ！」

モモタロスの剣幕に圧されたように、津野崎さんは後じさりながら二つ、三つとうなずいた。

「あ、ああ。調べてみよう」

「お願いします！」

モモタロスが溜飲を下げて引っこみ、ぼくはもう一度、津野崎さんに頭を下げた。

モモタロスとは気持ちは違うかもしれないけど、ぼくもテンションは高かった。

ようやく、ようやく糸口をつかんだ……！

〈魔犬退治に汗水垂らしてる――ねぇ。冷や汗の間違いじゃないの〉

〈買い物って。マーケットいうのはスーパーのことちゃうで。金融市場や〉

ぼくの中のべつの二人は、冷静にツッコんでいた。

●

「お帰り。あら、ハナちゃんも」

ミルク・ディッパーに戻ると、先に帰っていた姉さんがホットミルクを淹《い》れてくれた。

「ジェイドちゃんを帰してきたのね。もう遅いから、ハナちゃんも早くお帰りなさい。良ちゃんも早く寝なくちゃダメよ」

「うん……でも、もうちょっとここにいていいかな。侑斗を呼んじゃったから」

青砥さんの家を出た瞬間、ぼくは侑斗のケータイに連絡を入れていた。

電話口では、ぼくの興奮に水を差すように、侑斗は冷静だった。

「わかった。会って詳しい話を聞こう」

「津野崎さんから連絡が来るまで、具体的には動きようがないんだけど……」

「ミルク・ディッパーで落ち合おう」

と、侑斗は言って電話を切った。

もしかしたら、侑斗は侑斗で、別の手がかりをつかんだのかもしれない。今夜中に作戦会議をしなければならないような……。

「後かたづけはしておくから、姉さん先に寝てよ」

「そうね。あんまり夜更かししちゃダメよ。良ちゃんは体が強くないんだから」

姉さんは「めっ」という顔をして、テーブルの上の段ボールを抱え上げた。

そういえば、また少し書架の本が減っている気がする。青砥さんの家で気づいた手がかりに興奮しきっていて、店に戻ったときの違和感に気づかなかったけど。

二階への階段に向かいかけた姉さんを、ぼくは呼び止めた。

「姉さん。やっぱり、店を移るつもりなの？」

「そうね」

姉さんは立ち止まって、言い方を考えるようにちょっと首をかしげた。

「良ちゃんが反対しなければ、だけど。でも……移転はしないかもしれない」

「どういうこと？」

「お店は売ろうかなと思ってる。でも、新しいビルで店をまたはじめたりはしないかも」

「え？」

「だって、ここは父さん母さんが遺してくれたお店だもの。ここから移って、別の場所でお店を続ける意味なんてないじゃない」

「違うよ、姉さん」

ぼくは思わず立ちあがった。

「この店は、父さん母さんのものじゃないよ。たしかにもとはそうだけど……もう、姉さんと、それに……桜井さんの店なんだ。場所なんか移ったっていいから、姉さんは店を続けなきゃ」

自分でそう言って、自分でハッとした。

そうなんだ。

ぼくにとって、この店は、父さん母さんの店じゃない。

書架に並ぶ本のセレクションだって、望遠鏡を初めとする装飾だって、店の名前の《ミルク・ディッパー》――南斗六星――だって、この店の何もかもが、桜井さんの色に染まってる。この店に集まるお客さんたちが信じているように、姉さんがおだやかで天真爛漫な人でいられるのは、この店にいて、桜井さんに包まれているからなんだ。

「良ちゃん――でもね」

姉さんは、たしなめるでもなく、困ったような顔をした。

「でもね、桜井さんは……もう二度と、還ってこないのよ」

●

「また話し合いましょ」と言い残して、姉さんが去ったあとも、ぼくの心はバラバラだった。

姉さんの言うとおりだったから。

みずから封印することを選んだ記憶を、どこまで思い出してるのかはわからないけれども。

姉さんのほうが、ぼくなんかより、はるかに現実を見すえていた。

「良太郎……」

ハナさんが遠慮がちに声をかけた。

彼女は、桜井さんと姉さん、そしてぼくの関係を、そこまで知っているわけじゃない。

けど、ハナさんにとって他人事の話でもない。

「愛理さんが、お店をやめたからって、桜井さんを忘れようってことじゃないと思うよ」

「ハナさん。違う。ごめん。そうじゃないんだ……」

姉さんは、ずっとこの店で桜井さんを待っていると思っていたけれども、違ってた。

それとも。

桜井さんを待っていたのは、ぼくだったのかもしれない。

この店で桜井さんの面影に包まれようとしていたのは、姉さんじゃなく、ぼくのほうだった。

姉さんは、もう現実から目を背けて夢の中に逃げこむような気持ちを持っていない。真正面から現実を受け止めて、しっかり前に進もうとしている。頼りないなりにも姉さんを守ろうとしていたつもりのぼくのほうが、むしろ後ろ向きで、現実から目をそむけ続けていたのかもしれない。

ぼくは、だから、姉さんがどんな選択をしたとしても、反対する資格なんかない……。

けれども……。

もやもやする。

いつまでも桜井さんの思い出に浸ってないで、姉さんもぼくも、彼が二度と戻ってこないという現実を受け止めなくちゃいけないことはわかる。この店をたたんだとしても、それが桜井さんの思い出を断ち切ることに直結しないこともわかる。いつか何かの踏ん切りをつけなくちゃいけないとしたら、それが今であっても、全然おかしくなんかない。

しかし、ミルク・ディッパーを手放すのは、過去を断ち切るというだけではない、別の何かを失うような気がしてならない。

いきさつがどうあれ、姉さんがこの店で《お客様に合わせたミルクを出すミルクさじ》をめざし続けることが、なによりも大切なことのような気がしてならない。

バイクの停まる音がして、侑斗が現れても、そんなことで心が千々に乱れ続けていた。

●

ハナさんが、先ほど青砥さんの家でわかったことをひととおり説明した。

侑斗は「そのとき、津野崎は何て言ったんだ」とか「もう一度最初から話してくれ」とか、何度もディテールを確認した。まるで訊問《じんもん》のような質問攻めは、ぼくのほうにも鉾先《ほこさき》が向き、否が応でもぼくは現実に引き戻された。

「魔犬は、青砥さんの元飼い犬なんじゃないかな。遠くにやったのが、そこで魔犬になって、青砥さんのとこに戻ってきたんだと思う。だから、青砥さんの周りに出没するんだ」

ぼくは、さっき青砥さんの家でひらめいた考えを侑斗に話した。

「帰巣本能ってか？　名犬ラッシーみたいな？」侑斗は茶々を入れた。「飼い犬を遠くにやると、どうしたらあんな魔犬ができあがる。魔犬工場にでもやったのか？」

「まぜっ返さないでよ。考えを話してるだけなんだから」

「まずは、その犬の行き先を調べてみないと。わかり次第、津野崎さんから連絡が入ることになってるから待ちましょう」

ハナさんが提案する。

それにも、侑斗は懐疑的な目線を向けた。

「連絡は来ないな。まず絶対に」

言われて、ハナさんはムッとした。「どうしてよ」

「津野崎の言ってることが、嘘《うそ》ばっかりだからだ」

侑斗は断言した。

「まず、犬を遠くにやった件だ。普通『遠くにやった』なんて言い方するか？　引き取ってもらったなら『引き取ってもらった』、処分したなら『処分した』って言うだろ。もし本当に遠くにやったなら、その『遠く』を具体的に覚えていないわけがない。引き取りに来てもらったにしても、こっちから連れていったにしても、印象に残るはずだ。なにしろ『遠い』んだからな」

「うーん……」

「『ずいぶん前』というのもあやしい。ジェイドと折り合いが悪かったたって言うんだろ？　あの子犬は何歳だよ。あの手の犬は年取っても小さかったりするかもしれないが、俺の見るところせいぜい何ヵ月。ここ数ヵ月の出来事を、『ずいぶん前』とは言わないよな」

侑斗の言うことは、逐一もっともな気がした。ウラタロスさえ、〈こいつには気をつけないとだね〉と感心していた。

でも、ハナさんは首をかしげた。

「そうかもしれないけど、津野崎さんが嘘をつく理由なんてある？」

「俺もそれを考えてたんだ」

侑斗も、首をかしげた。「理由もなしに嘘はつかない。野上のイマジンじゃあるまいし。というかアイツだって、嘘をつくからにはかならず裏があるじゃないか」

ぼくの中で、〈ホント、こいつには気をつけないとだねぇ〉とささやく声。

「それって……」ぼくの中で電流が走ったのは、今日二度目だった。「ぼくたちはこれまで思い違いしてたってこと？　青砥さんがキーパーソンじゃなくて、もしかして、キーは……津野崎さん？」

「可能性はある」

侑斗はうなずいた。

「あの魔犬が、もともと青砥の飼い犬だったとしてだ。ホントにジェイドと折り合いが悪かったのか？　俺が見たときは、魔犬のヤツは、ジェイドがあらぬところに逃げだして、危ない目に遭わないようににらみを利かせていたように見えた。考えすぎかもしれないけどな」

「ぼくにもそう見えたよ」

ジェイドは、魔犬に射すくめられていたし、ぼくの腕の中で心臓をばくばく言わせていた。でも、怯《おび》えているという風情でもなかった。魔犬のほうも、立ちはだかっているだけで、ジェイドをおびやかしもしなかった。

あれは、《いたいけな子犬が、おそろしげな魔犬に出会って凍りついた》というより、《やんちゃな弟が厳しい兄にイタズラを見とがめられた》という状況に近かったかもしれない。今思えば。

「むしろジェイドと折り合いがよくないのは、青砥健介のほうよね。ジェイドが逃げても追いかけないし、保護してあげても引き取ろうとしないし」

「青砥さんて、犬が嫌いなのかな。だから、昔の飼い犬を追いだしたり、ジェイドに邪険にしたり……」

「でも、バカモモみたいに犬嫌いだったら、ジェイドをどこにでも連れてったりしないわよ」

「そうだよね……。古い犬小屋もあったし、長いこと犬を飼ってる人なんだものね」

「俺もそう思う。記事を読むかぎり、青砥はずっと天涯孤独だ。犬が家族代わりだったとしても不思議はない。人間相手だと気むずかしくて、なかなか素直にはなれないのに、愛犬にだけは人が違ったように惜しみなく愛情を注ぐヤツっているだろ？　青砥はその部類の人間だと思う」

「そうか」

侑斗の推測を聞いて、ぼくは、姉さんの証言を思いだした。

「姉さんが言ってたんだ。前に青砥さんが、犬を店に連れてきて、すっごい優しかったって。犬のことを第一に考えてるように見えたって」

ハナさんも思いだした顔になった。「この店がオープンしたてのころ、って言ってたわよね。それっていつの話？」

「ぼくが高二から高三のころだから、今から七年前かな」

「だったらジェイドじゃないわ。ジェイドの前から飼ってる犬よ。その犬が、津野崎さんが『遠くにやった』と言ってる犬？」

「青砥は、ジェイドの前の犬にはめいっぱい愛情を注いでいた。ところが、今のジェイドには愛情を注いでるようないないような、離したくないような遠ざけてるような、中途半端な態度をとっている。前の犬に何かがあったからかもしれない。そいつはいったいどこへ行った？　もし野上が言うように、その犬が魔犬になったとしたら、何があったんだ？」

「侑斗」

侑斗は、口では疑問文を話してるけれど。

「君は、何かわかってるんだ。だから、今夜のうちに集合をかけたんじゃないの」

「買いかぶるな。まだ何もわかっちゃいない。俺はただ、こいつを見せたかっただけだ」

侑斗はポケットから、写真を取りだしてテーブルに置いた。

デジカメのプリントアウトじゃない、昔懐かしいポラロイド写真だ。

「青砥さん……？」

そこには、何年か前の青砥さんが写っていた。

バーかクラブか、暗い場所だ。ストロボが焚かれている。

今よりちょっとだけ髪の多い青砥さんが、ぼくたちが見たことのない笑顔で、ハデな格好をした女性に囲まれていた。

「俺は俺なりに、青砥と犬の関わりを探ってみた。魔犬のことを探ろうと思っても、なかなか手がかりなんかないからな。で、たいして愛着も持ってないジェイドを仕事場にも連れ回すようなヤツなら、どこにでも犬を連れ歩く習慣があるんじゃないかと踏んだ。ヤツの仕事場周りの店を、しらみつぶしに聞いて回ってみたんだ」

「で、この写真が何なの？」

「余白にメモがあるだろ」

フチの余白に、走り書きがあった。

《アオトさん　ファンドの社長さん　ヒスイ君命》

と、読み取れた。

ヒスイ?

ジェイドじゃなくて、ヒスイ。

「この店は、女の子が週一勤務で、曜日によって替わるのを売りにしているが、おかげで女の子がなかなか客の顔を覚えられない。だから上客とおぼしい客は、記念写真を撮っては別の曜日の女の子に申し送りして、顔を覚えさせるシステムになってる。で、青砥のことを覚えてる従業員がいた」

「ヒスイっていうのが、青砥さんの犬?」

「犬のことばっかり話す客だったそうだ。店に顔を出さなくなってから、メディアに取り上げられるようになり、驚いたと言っていた。《未来を知る男》とかなんとか呼ばれて、青砥がもてはやされたのは、例の東京ワールドタワーの建設が進みだした二〇一〇年前後だから、それ以前だ。そのころ青砥が飼ってた犬が、ヒスイって名前なんだ」

「ヒスイとジェイド……兄弟みたいなものってことかしら。ジェイドって、英語でヒスイって意味よね」

「ああ。正確にはジェイダイトとネフライト、二つの総称がジェイドだ。ヒスイも同じことだが」

「二つの総称？」

「翡翠《ひすい》ってのは、カワセミのオスメス一対のことで、『翡』が赤、『翠』が緑なんだ」

赤と緑……！

魔犬の顔を真正面から見たときの目が頭に浮かんだ。

「侑斗、それが魔犬だよ！　片眼が赤で、もう片方が緑なんだ！」

「オッドアイと言ってな。犬や猫にはたまにある。だから『ヒスイ』と名づけたんだろう」

「でも、ジェイドはオッドアイじゃないわよね」

そういえばそうだった。ジェイドは、両目ともキレイな黒い目をしている。

「なんであの子犬に『ジェイド』って名前をつけた？　オッドアイじゃないのに」

侑斗が水を向けた。

彼が言いたいことが、だんだんぼくにも飲みこめてきた。

「最初に、ヒスイって犬がいたんだね。赤と緑の目をしてて、それで『ヒスイ』って名前がつけられた。でもヒスイがいなくなったあとに別の子犬が来て、先代のヒスイにちなんで『ジェイド』って名前をつけられた……」

「そういうことだ。そうでなければ、オッドアイじゃないあの子犬にジェイドって名前はつけない。――つまり、二匹はいっしょに飼われたことがない」

「いっしょに飼われたことがない……？　でも」

侑斗の考えのスピードにはなかなかついていけなかった。「津野崎さんは『ジェイドと折り合いが悪い』って言ってた。ヒスイとジェイドがいっしょに飼われてなかったら、折り合いがいいも悪いもないよ」

「そうだな」

「それも津野崎さんの嘘ってこと？　でも、なんでそんな嘘をつかなきゃいけないの？」

「たぶん、そこに真実が含まれてる」

侑斗も、考え考え言った。

「津野崎は、とっさに嘘をついたが、つききれなかった。全部が全部、作り話じゃないんだ。嘘のつぎはぎではあっても、どこかしら真実の話がベースになってる。ひとつ言えるのは、ヒスイの身に何があったにせよ、津野崎が噛んでるってことだ」

「締め上げないといけないわね」ハナさんが息巻いた。「津野崎がヒスイを魔犬にしたのかもね」

「……それはないと思うよ」

ぼくは、津野崎さんとの会話を思いだしていた。

「津野崎さんは、あの魔犬がヒスイだなんて考えてもなかったよ。モモタロスがそう言ったとき、意外そうにしてたし」

「だからって、嘘をついていいってことにはならないでしょ」

〈後ろめたいからと違うか〉

ぼくの中から声がした。

後ろめたい……？

〈人が嘘をつくんは、真実をそのまま話したくないからや。隠したい真実があると、人は嘘をついてしまう。亀の字かてそうやろ？〉

〈ヒドいなあキンちゃん。ぼくは、真実を話したくないんじゃないの。真実をもっとおもしろくしたいだけ〉

そうだ。

そう言うウラタロスなら。

「ウラタロス、君なら、津野崎さんの話が解けるんじゃない？」

侑斗の言うとおり、津野崎さんの話が虚実ないまぜになっているとしたら、そこから真実を読み取れるのはウラタロスだけかもしれない。

ウラタロスが、ぼくの口でしゃべりはじめた。

「ご要望とあらば。そうだねぇ。まず、ヒスイと折り合いが悪かったのは津野崎自身だろうね。犬どうしに『折り合い』なんて言わないもんねぇ。とっさにジェイドのせいにしちゃってるけどさ。それと、津野崎はヒスイの行方を知らないね。『遠くにやった』っていうのは、遠くに行っててほしいという彼の願望のあらわれ」

「さすが、嘘つきどうしはツーカーよね」

ハナさんがあきれながら感心した。「行方を知らないいんじゃ、津野崎を締め上げてもなんにもならないじゃない」

「そうだろうねぇ。先輩が脅しすかしたときは不意打ちだったけど、今度は身構えるだろうし」

「待った」

侑斗が、ふと何かに気づいた顔になった。「さっきはうっかり聞き流してしまったが、野上のイマジンが津野崎に何か言ったのか。何を言った？」

そういえば、侑斗には、青砥さんの家で起こったことを根掘り葉掘り聞かれるままに話したけれど、引け際にモモタロスがタンカを切ったくだりは省いてた。青砥さんや津野崎さんが言ったことが重要で、こっちが何をしゃべったかはどうでもいいと思ってたから。

〈モモタロス、何言ったっけ？〉

〈覚えてねーよ！〉

ぼくも興奮していたし、きっちり覚えてなんかいない。

ハナさんとぼくとモモタロスで、記憶の底をたどりながら、モモタロスのタンカの内容を再構成して侑斗に話した。

侑斗の顔色が、みるみる変わっていった。

「ヤバいかもしれないぞ」

「どういうこと？」

「もし、ヒスイの存在が津野崎にとって都合が悪かったとする。やつはヒスイが『遠くに行った』と思いこんでた。たとえ願望だとしてもな。ところが、ヒスイが《魔犬》として戻ってきたことを知ってしまった。津野崎はどうする？」

「どうするの？」

侑斗は答えないまま、立ちあがった。

「ハナの言うとおりだ。やっぱり津野崎をつかまえて、締め上げるしかない」

「今から？　もう夜更けよ」

「今からだ。時間が……ないかもしれない」

出口に向かう前、侑斗はちらりと店の奥のほうに視線を投げた。

店に微妙な変化が訪れていることに気づいているのか、いないのか。

侑斗はひとすじも表情を動かさないまま、真夜中の街へと出ていった。

9

夜のパストラミ

津野崎さんの姿が消えた――。

と侑斗から電話があった。

「そんなことだろうと思ったがな。会社にも回ってみるが、望み薄だろう。そちらはどうだ？」

「まだ収穫は……」

侑斗は津野崎さんを追い、ぼくたちは《魔犬》を捜していた。

これは侑斗の指示だ。

「《魔犬》を捜せ。推測が正しかったら、津野崎が《魔犬》を始末しようとする。阻止するんだ」

「捜すったって、どうしたら……」

「どうにかしろ！」

乱暴に言い置いて、侑斗はバイクで飛びだしていってしまったのだった。

取り残されたハナさんとぼくは、ただ夜の街をうろうろするしかなかった。

まるで当てがないいんだから仕方がない。

「良太郎、あんたのイマジンたちに何か知恵はないの？」

〈……魔犬かて寝る時間やで……ぐー……〉

〈最初に見たときみたいに燃えててくれたらいいんだけどねぇ。先輩の鼻でも頼るしかな

いんじゃない？　最近ガタがきてるけど〉

〈俺の繊細な鼻はな、犬野郎のニオイなんか受けつけねえっつーんだよ〉

〈ねーねー、みんながワンちゃん見つけたってさー〉

……え？

「リュウタロスが、みんなが犬を見つけたって言ってるけど……」

「はあ？　みんなって、だれ⁉」

「ごらんよ！」

とリュウタロスはぼくの身体で道の先を指し示した。

うわあ……。

出てくる出てくる。

路地という路地から、犬や猫がわきだしてきた。

犬や猫だけじゃない。ハムスターやウサギ、リスたち小動物もいた。ワニやイグアナの姿まで見える。

動物たちの王国が、いきなり目の前に現出していた。

「頼んだんだよねー。魔犬さんを捜してって」

気がつくと、ぼくとハナさんの前に、一頭の馬が前肢を折って上半身を伏せ、滑り台のような姿で待っていた。

馬だ。

近くに乗馬学校とか厩舎とかあったっけ？　現実感が遠ざかり、頭がちょっとクラクラした。

「乗って」

リュウタロスはぼくを乗っ取って馬の背にまたがり、手を伸ばしてハナさんを引き上げた。

ぼくたちを裸の背中に乗せ、馬は身を起こして走りだした。

馬を中心に、動物たちの群れが夜の街を大移動していく。

『バンビ』や『ライオン・キング』みたいな、アニメ映画でしか見たことないような光景だ。人通りの少ないルートを選んで走っていたけれども、それでもちらほら目撃者はいて、みんな唖然《あぜん》とした顔でぼくたちを見送った。

「魔犬さんのところに、みんなが連れてってくれるよー」

「リュウタロス、あんた、いつの間に」

「鳥さんたちが協力してくれてたら、もっと早く見つかったんだけどねー。みんな、夜はヤダって言うしー」

精神感応と言うのだろうか。

リュウタロスは、催眠術のような力で、人や動物を言うなりにできる。ごく簡単なことしかさせられないし、ほとんどは彼の遊びにつきあわせるだけのことだ。まさかこの力に実用性があるなんて、今の今まで思いもよらなかったけれど、もしかしたら、彼がぼくたちの味方についてくれている巡り合わせに、深く感謝しなきゃいけないのかもしれない。

ぼくたちを乗せた馬は、一路、夜の街を駆け抜けていった。

●

「あれは？」

最初に気づいたのは、ハナさんだった。

例の駅ビルの工事現場。

馬を降りて地下に入ったあとは、先導役は猫たちが引き受けてくれていた。細々としかライトが灯っていない薄暗がりを走り抜けざまに、猫たちが、小さな塚のようなものをガサリと崩した。

何かある……。

近づいてみて、ぼくとハナさんは、思わず息を呑《の》んで後じさりした。

ネズミの死体だった。

何匹かのネズミが、口から泡を吹き、折り重なって死んでいる。

改めてあたりを見回すと、同様の小さな山が、ぽつりぽつりと散らばっていた。

「毒餌ね」

口を覆いながらネズミの死体をかき分けたハナさんが、山の中心にあった物体を見て眉をひそめた。

黒い肉のかたまり——ブロック肉の一片に、黒いツブツブがびっしりついている——。

「パストラミだ」

「パストラミ……?」

ハナさんが、記憶の底を探るような顔をする。

「姉さんが言ってた。青砥さんの犬の好物だったって」

「この毒餌はヒスイを狙っての……」

暗がりの中でも、ハナさんが顔色を変えるのがわかった。

そのとき。

犬の声がした。

●

地下鉄工事の作業音が遠くから響いている中をつんざく犬の吠え声は、切迫していて、危急を知らせていた。

猫たちは、ふいに我に返ったように立ちすくみ、所在なげな様子になった。犬の声を聞いて、リュウタロスの催眠術が解けたのかもしれない。

けど、もう猫たちの先導は必要なかった。

ぼくとハナさんは、声のほうに走った。

いた。

犬とだれかが格闘している。

「化け物め！」

男性の声は津野崎さんだった。

警棒のような棒をふるって犬を打ち据えている。津野崎さんの武器が当たるたび、犬の体から火花が散った。――魔犬だ。でも、あきらかに弱っていて、もう炎を身にまとう力も残っていないようだ。心なしかサイズまで小さくなったように見える。

「止《や》めや！」

ぼくは、キンタロスを前に出して割って入った。

「犬をいじめるんは男やないで。男やったら、熊と格闘せんかい！」

キンタロスはよくわからない説教を垂れながら、津野崎さんの繰りだす武器を受け止め、「どすこいッ！」と強烈な張り手を見舞った。

たまらず、津野崎さんがくの字になって吹っ飛ぶ。

「良太郎！」

悲鳴のようなハナさんの叫びを聞いて振り向くと、魔犬がぼくに向かって飛びかかってくるところだった。

キンタロスは、すんでのところで牙をかわし、魔犬の体を抱きとめるような体勢になった。

〈痛っ！〉

大きなハリネズミを受け止めたかのような痛みが走った。

魔犬の全身を覆っている毛が、針のように尖《とが》っているのか、強い電流が流れているかしているようで、電撃を浴びるにも似た痛さだ。

しかし、キンタロスは魔犬を真正面から受け止めた。

ぼくの体重を優に上回るだろう重みがのしかかってくるのに抵抗せず、そのまま、どうと地面に横倒しになった。

魔犬は激しく唸《うな》り、炎のように熱い息がぼくの耳を焼く。が、キンタロスはかまわず、

「大丈夫や、ヒスイ。俺は敵やないで。落ちつきや、ヒスイ。おまえはよい子やな、ヒスイ……」

名前を呼び続けた。子守唄でも歌うように。

やがて、魔犬の唸り声が穏やかになり、暴れていた前肢も静かになった。

それとともに、ぼくの全身を刺していた針のような毛の痛みも引いていく。

「おまえの位置をスマホで常につかめるようにして正解だったな」

静かな声がした。

「野上のイマジンか。おまえがそんなふうに動物をあやせるとは思わなかった」

顔を向けられなかったけれども、侑斗が合流したようだ。魔犬を刺激しないように、ゆっくりした足取りでやってきているのがわかる。

「ケモノはケモノどうし、ってとこかもしれへんな。なあ、ヒスイ」

キンタロスは優しく声をかけると、魔犬の下からぼくの体をそっと引き抜いた。

魔犬はもはや逆らわず、地面に寝そべった形のまま、上目遣いにぼくを見送った。オッドアイ——右が赤で左が緑——を瞬かせながら。

●

「津野崎は、魔犬の噂を聞き回ったようだ」

侑斗が、津野崎さんの脈をとりながら言った。

キンタロスの一撃を受けて失神しているけれど、呼吸も乱れてなくて、とりあえずは大丈夫そうだ。

魔犬——ヒスイのほうも、デネブが侑斗の体を借りて、すばやく応急処置をほどこした。毒を口にしても、すぐに吐きだしたらしく、命に別状はないらしい。賢い犬だ。

そんなヒスイのことはかいがいしくめんどうを見たわりに、デネブは津野崎さんのほうは頑として相手にしようとしなかったものだから、仕方なく侑斗が様子を見たわけだ。

「魔犬が出没すると噂のあるエリアに罠《わな》をしかけたのね。ヒスイの好物だったパストラミに毒を仕込んで。卑劣なヤツ！」

「津野崎としては、魔犬がヒスイかどうか確認するつもりもあったのかもな。弁護にはならないが」

侑斗は津野崎さんから身を起こした。

「さて、どうする。こいつを叩き起こして訊問するか？　それとも犬を獣医に運ぶか？」

「あまり時間をかけてはいられないと思う」

ぼくは言った。

「時間をかけられない？　何のことだ」

「だって、ヒスイがイマジンの契約者だから」

ぼくの言葉の意味が、侑斗やハナさんに理解してもらえるまで、しばらく沈黙があった。

「ええ⁉」

「はあ⁉」

二人の反応がハモった。

「良太郎、何言ってるの。犬が契約者？」

「イマジンが人間以外と契約するなんて聞いたことないぞ。根拠あるのか」

「根拠なんかないよ。でもひとつだけ……ずっとひっかかってたんだ。最初にこの犬に逢ったとき、モモタロスが『イマジンのニオイがする』って言ってたこと……。オーナーには嘘《うそ》だと思われちゃったけどね。魔犬とイマジンとは間違いなくつながってると思う」

「でも、ニオイは感じたり感じなかったりって言ってたじゃない」

「うん。だからずっと考えてたんだけど、こう考えたら理屈に合わないかな。ヒスイと契約したイマジンが、契約完了して、過去に飛んだ。その後、ぼくたちはヒスイに出会った。最初はイマジンがジャンプしてそれほど間がなかったから、ニオイも強かったけど、時間とともに薄れていった。だから、最初にモモタロスが嗅いだときには強かったニオイが、二度目のときには、感じづらくなってたんじゃないかって」

「ちょっと良太郎、考えすぎじゃない？　バカモモのことよ。犬が苦手なの隠そうとして、適当なデタラメ言ってた可能性だって……」

「モモタロスは、イマジンのことで嘘なんか言わないよ」

そこは、ぼくは断言できる。

〈良太郎……〉

ぼくの中の奥の奥から、ヒスイを恐れて引っこんでいるモモタロスの、小さな声が聞こえた。

納得できない、というように侑斗が首を振った。

「野上、仮にそうだとしてもだ、イマジンが犬となんか契約するか？」

「イマジンと契約でもしなかったら、犬がこんなふうにならないんじゃないかな」

ぼくは、ヒスイを見下ろした。

まだ荒い息を吐きながらも、落ちついて寝そべり、ぼくたちを信頼しきったように見つめている。かつては人魂みたいに燃えさかってたその両目も、今はすっかり普通の犬のように見える。けど、それ以外は、何もかも普通の犬とは違っていた。

ブルドーザー並み——と前回見たとき思ったのは、目の錯覚だったのか、それとも実際にサイズが変わってるのかはわからないけれど、それでも牛や馬ほどの大きさはある。もう炎に包まれてはいないけれども、針のように鋭利に逆立った毛と毛の間に、時おり小さな稲妻が走っている。

口は耳もとまで裂けて、びっしり牙が並び、そこだけ見たら犬というよりワニみたいだ。この口で咬《か》みつかれてたら——と思うと、いまさらながらぞっとするほど。

たとえ炎がなくても、シルエットが大まかに犬の形をしているだけで、映画から抜けてきた空想上の怪物みたいな生き物だ。

けど、この生き物もかつて《ヒスイ》と呼ばれた、普通の犬だったんだ……。

「こういう魔犬になるのが願いだったのか、それとも契約した副作用でこうなってしまったのか、わからないけど、ヒスイはイマジンと契約した。ヒスイの願いは満たされて、イマジンは過去にジャンプした。ぼくたちは、まさか犬とイマジンが契約するとは思わなかったから、イマジンの活動に気づかずに後れをとった。そういうことじゃないかな」

「…………」

半信半疑、というそぶりで、それでもハナさんは空のチケットを取りだし、ヒスイにかざした。

チケットが反応した。

けど、チケットが過去の日付を指し示すことはなかった。

「ホントだ。この犬が契約者みたい……でも、日付はわからない。何でかな。イマジンが飛んでから、時間が経ちすぎたから？」

「それとも犬だから——か。犬にカレンダーなんかないものな」

侑斗は歯ぎしりした。「そういうことか。イマジンは犬の記憶をたどってジャンプできるが、俺たちは日付がわからないから、イマジンの後を追えない。くそッ、やられたな。これじゃ手の打ちようがない」

「いや、打ちようはあるよ」

「どうやって」

「ぼくたちもヒスイの記憶をたどるんだ」

「だから、どうやって」

「敵イマジンが犬の記憶をたどれるなら、ぼくたちのイマジンにも、たどれないわけないよね」

言ったとたん、案の定、ぼくの中でも反対意見が沸騰した。

〈良太郎、いくらなんでもそれはないよ。ここまではちょっと感心して聞いちゃってたけどさ〉

〈俺らイマジンと人の関係っちゅうのは、そんな簡単なものやないで〉

〈ぼくだってヒスイ君と契約してみたいけどー、その前に良太郎の中に入っちゃったしー〉

「みんな黙って！　あれこれしゃべってる時間はないんだ。すでに過去に飛んだイマジンが、好き放題に時間をいじくってる。できるとかできないとかじゃなくて、やるしかないんだ！」

ぼくは強く言った。

〈…………〉

ぼくの中の三人は黙りこくった。

一人は、てんからずっと奥にいて、我関せずだったけれども。

「わかった」

侑斗がうなずいた。

「試してみる価値はあるな。というより、それしか俺たちに打つ手はなさそうだ。デネブに、この犬に憑依《ひょうい》してもらおう」

「ダメだよ、侑斗」

ぼくは侑斗を制した。

だれに憑依してもらうか、ぼくはもう決めていた。

「モモタロス、来て。君がヒスイに憑依して、記憶を覗《のぞ》かせてもらうんだ」

〈なんだって⁉〉

モモタロスは、奥のほうから、か細い声で反論した。

〈犬野郎に憑依するって⁉　そんなくだらねーこと、俺がするかよ〉

「モモタロス、お願いだから」

〈いくらお願いされたって、ヤダよーだ！〉

モモタロスは、にべもなかった。

彼が犬嫌いなのは、ぼくだって重々知ってる。

他のイマジンも同じだった。

〈あのさ、良太郎、ぼくが行こうかなぁ。先輩もただの赤鬼の化け物だけど、そんな悪い

やつじゃないよ？　あんまりいじめちゃ……ねぇ〉

〈俺が行こか。がっぷり四つに組み合うた仲や。気心は知れとる〉

〈ぼくにやらせてよー。ワンちゃんの記憶、覗いてみたーい〉

「モモタロスがやるんだ」

「無理よ、バカモモには。犬が怖くて怖くて、しょうがないんだから。犬に憑依するなんて、たぶん互いにショックが強いから、チャンスは一度かもしれない。失敗は許されないのよ」

「だからこそ、モモタロスがやらなくちゃ」

ぼくは、ヒスイを見つめた。

オッドアイが見つめ返す。

飼い犬の座を放逐され、毒に冒され、打擲《ちょうちゃく》され——これだけ酷い目に遭わされ続けても、それでも人を信頼してくれている瞳が。

「津野崎さんが、どうしてヒスイを始末したいなんて思ってたのか、それは知らないけど、津野崎さんにヒスイのことを教えたのはモモタロスだ。もちろん悪気なんかなかったよ。でも、ヒスイが危うく殺されかけたきっかけをつくってしまったのはモモタロスなんだ」

ぼくは、ハナさんや侑斗にではなく、ぼくの中に向かって呼びかけた。

「だから、モモタロスが行かなくちゃ」

〈……わかったよ〉

のそりと、モモタロスは動きだした。

いつもなら、「行きゃあいーんだろ、行きゃあ」みたいな憎まれ口の、ひとつやふたつ叩いてからでなければ動かないモモタロスが、ひとことも文句を言うでもなく、すっとぼくを離れて、ヒスイへと滑りこんだ。

ヒスイのオッドアイが、ほのかに両目とも赤く染まった。

●

「だれだ⁉」

青砥さんの誰何《すいか》は、鋭かった。

さすがだった。

もう真夜中をとっくに過ぎている。てっきり寝ているかと思って忍びこんだのに、青砥さんはベッドに横になるどころか、スーツ姿のまま、デスクのノートパソコンに向かって、紅白の棒グラフみたいな画面をチェックしていた。

マーケットは二十四時間とかなんとか、さっき言ってたのは、ぼくたちを追い払うための口実でもなんでもなかったらしい。

「すみません、ぼくです。野上良太郎です。ハナさんはさっき会いましたよね。こちらは――」

「桜井侑斗だ」

「お友達の紹介は要らん。すぐに出ていけ。つ――」

「津野崎さんなら、今ごろ警察か病院だと思います。通報しておきましたから。それと、お手伝いさんには、悪いけど眠っててもらってます」

「えー、寝かせちゃうなんてもったいないじゃん。せっかくだから、踊ってもらおーよー」

とか渋るリュウタロスを口説き落として、催眠術にかけてもらったのだ。

青砥さんの寝所だ。

シンプルなベッドとデスクしかない、ビジネスホテルより殺風景な部屋だった。

「ふ……ん」

青砥さんの顔に、初めて、警戒するような色が浮かんだ。

何かを言いかけるのに、ぼくはおっかぶせて、

「時間がないんで手短に話します」

「最初に言っておく。俺たちの目的はひとつだけだ。あんたから、ある日付を聞きたい」

「それさえわかったら、すぐに出ていくから」

侑斗とハナさんが、いかにも不承不承《ふしょうぶしょう》、という感じで言った。

二人は、またぞろ青砥さんに会わなきゃいけなくなったことに、あんまり気乗りがしてないのだ。

ぼくは話しはじめた。

「青砥さん、あなたは、ジェイドの前に、ヒスイという犬を飼ってましたよね」

「ヒスイ？　たしかに飼ってたが……」

「信じられないかもしれませんけど、これから話すのは、ヒスイ君の記憶です」

人の記憶というのは、かならずしも、整然としているとはかぎらない。ましてて犬の記憶だ。

魔犬――ヒスイに憑依したモモタロスが探り当てた記憶の断片は、とりとめがなかったけれど、整理してみたら、ひとつのストーリーが浮かびあがってきた。

「ヒスイ君は、生まれたてのころから、あなたに飼われはじめました」

ぼくは話しはじめた――ヒスイの記憶が語ったストーリーを。

「あんまり裕福ではなかったけど、ヒスイ君は幸せだった。質素な食事しか食べられなくても、ヒスイ君は、あなたといっしょなら、どんな食事でも文句はなかった。しかも、あなたはときどきヒスイ君のために、高いものを奮発してくれた。それがたとえば、パストラミです。塩漬け肉の燻製《くんせい》にコショウやニンニクや香辛料をまぶしたオトナっぽい食べ物。ヒスイ君は『何だろう？』と興味を示しただけだったのに、好物だと思いこんだあなたが奮発してくれるから、ヒスイ君は一生懸命食べた。子犬の彼にとっては、刺激が強すぎたけれど、あなたが喜んでくれるのがうれしくて、ヒスイ君はパストラミが大好きになった。彼の中で、特別な食べ物になったんです。あなたの笑顔が見れるから……」

「…………」

「あなたが、うちの店――ミルク・ディッパーに通ってくれたのも、ちょうどそのころですね。二〇〇六年の夏ごろのことだと思います。うちの姉に、パストラミは犬にはよくないと聞かされて、あなたはパストラミをヒスイ君に与えなくなりました」

「…………」

青砥さんは、表情を変えなかった。なんの記憶も喚起されていないかのように。

ぼくは話を続けるしかない。

「それからは、あなたはヒスイ君の体にいいものばかりを与えるようになります。ヒスイ君は、それはそれでうれしかった。あなたの愛情を感じたからです。ところが、その状況が一変する時が来る。あなたが、事業に大失敗したんです」

「私は、事業に失敗したことなどないが？」

青砥さんが、初めて表情を動かした。

それはそうだろう――。

侑斗が先走って口を挟んだ。

「失敗したとしたら、いつだ？　俺たちが知りたいのは、その日付だ」

「だから、私は失敗などしていない！」

かまわず、ぼくは話を続ける。

「青砥さんには、覚えがないでしょうね。でも、ヒスイ君の記憶はそうなんです。その後、生活はどんどん厳しくなり、食うや食わずになった。青砥さんも気がすさんだのか、ヒスイ君に食事を与えるのを忘れる日も一度ならずありました。酒に酔って、ヒスイ君に当たり散らしたこともあった。それでもヒスイ君は構わなかった。あなたといっしょに暮らせることが、なにより大事だったから。でも、いよいよ暮らしが立ち行かなくなり、あなたは、ヒスイ君を手放します。すでに成犬になっていたヒスイ君は、人に引き取られ、あなたと引き裂かれて暮らしはじめました。引き取り手は、たぶん、あなたが厳選してくれたのでしょうね——とても優しく、ヒスイ君を遇してくれました。でも、ヒスイ君はあなたが忘れられなかった。べつに何も食べられなくてもいいから、あなたといっしょに暮らし続けたかった。ヒスイ君は、日々、それだけを考え続けました。そんなとき、彼はイマジンに出会ったんです。『おまえの望みを言え——』という声に」

「…………」

「彼はイマジンに願います。『青砥さんのお仕事を成功させてほしい』と。そしてもうひとつ、『僕が青砥さんを守りたい』と——」

「…………」

「ヒスイ君のこの願いは、イマジンにとって願ったり叶《かな》ったりでした。イマジンというのは、なんでも願いを叶えてくれる魔法のランプの精みたいなふりをして、実のところは、願い主の記憶をたどって過去に飛びたい一心で近づいてくる存在です。ヒスイ君の願いの、とくに前者は、過去に飛ばなければ叶わない願いでした。なぜなら、あなたのやっている仕事は、それこそ《未来を知る》ことができなければ成功がおぼつかない、『投資』という事業だったからです」

「…………」

「それで、イマジンはヒスイ君の記憶をたどって過去に飛びます。未来の相場を過去のあなたに教え、あなたの投資を成功させるんです。そうすれば、ヒスイ君の願いを叶えたことになる。契約の相手が人間だったら、理屈がよくわからなくて、契約完了できなかったかもしれないけれども、ヒスイ君は犬です。とにかく、イマジンに託せば、あなたが成功することだけはわかった。それで契約が半分完了してしまい、イマジンは過去に飛びます。置き土産として、ヒスイ君を魔犬に変化させて——あとは勝手に青砥さんを守ればいい、と」

「…………」

「イマジンは過去に飛び、過去のあなたに未来の相場を教えました。そうして歴史が変わりました。本来の時間では、事業に失敗したはずのあなたが、逆に事業に大成功したんです。未来から飛んできたイマジンに、未来の相場を教えてもらったから——それであなたは《未来を知る男》になりました。ヒスイ君の願いは叶いました。本来の時間では、ヒスイ君を手放してしまったあなたは、ずっとヒスイ君を飼い続けることができました。ヒスイ君は満足だった。あなたといっしょに暮らせて幸せだった。ただ、ひとつだけ落とし穴があった」

「………」

「時間はすっかり書き換えられたはずだったけど、たった一人だけ——いえ、一匹だけ——もとの時間を覚えていた。当のヒスイ君です。時間が書き換わり、あなたが大成功者になったのにもかかわらず、もとの時間でイマジンと接触したタイミングで、彼の身体は勝手に変化しはじめた。それで、彼は魔犬になってしまったんです」

「………」

「もとの時間であれば、彼が魔犬であることに意味はあったのかもしれません。たとえば債権者にさいなまれているあなたのもとに駆けつけて、あなたを守ることができる。でも、今の時間ではあなたは成功者です。ヒスイ君は、あなたを遠巻きに見守りながら、あなたに仇《あだ》なそうとする者に牙をむくことしかできなかった。魔犬と化してしまった自分の身を、人の目から隠しながら……これが、ヒスイ君の記憶です」

「………」

「イマジンが過去に飛んだのは、あなたを成功させたかったからじゃないんです。あくまでもそれはヒスイ君との契約を完了させるための副産物で、狙いはもっとほかにあります。イマジンは、今もその過去にいて、何か別の企みを実行しているはず。ぼくたちは、そのイマジンがいる過去に行って、イマジンを倒したい。その日付を教えてもらえませんか？　あなたの事業にとって、成功・失敗をへだてる大きな分岐点はいつだったんです？」

「…………」

ずっと黙って聞いていた青砥さんが、おもむろに口を開いた。

「話は終わったか？」

「……はい」

「私の事業の別れ目がいつだろうが、なぜ、君たちに話す必要がある？」

「必要あるんです！　イマジンは、あなたの事業を成功させたいからじゃなくて――」

「それは君たちだって同じだろう」

青砥さんは、うっすらと笑った。

「というか、イマジンとやらよりも君たちのほうがタチが悪い。今の話を聞くかぎり、私がその日付を話したら、君たちは、私の事業を失敗させるために動くというんだろう？　私に限らず、ありとあらゆる投資家は、未来が見通せたらどんなにいいことかと、つねに願ってる。もし、過去の私に未来を知る機会が訪れたとしたとしよう。その結果として今の私があったとしよう。なぜ私が、その成果を台なしにしなければいけないんだ？」

「………！」

ぼくは、ようやく確信した。

やっぱり青砥さんは、過去にイマジンに会ってる。

だから、多少不思議な現象が身の周りに起こっても、たじろぎもしなかったんだ。もっと不思議なことが、すでに自分の身に起こってたから。

未来の相場を教えてくれる怪物に出会い、言うとおりに相場を動かして、大成功を収めたから……。

「野上、時間のムダだ」

侑斗が冷たく言った。

「このじいさんはしゃべらない。だが、しゃべってもらう必要はないんだ。ずっと鳴かず飛ばずだった投資家が、いきなり成功者の階段をのぼりはじめた。その瞬間がどこかなんて調べようはいくらでもある」

「そうね」

ハナさんの声も冷たかった。

そうかもしれない。でも……。

「そうかもしれねー。でもな！」

いつの間にか、ぼくの口が勝手にしゃべっていた。

「俺は、このジジイの口から、その日付とやらを、直接聞きてーんだよ！」

モモタロスだった。

●

「クソジジイ！」

モモタロスは、容赦なく青砥さんを指差した。

「てめーが世間的に成功しようがどうしようが、そんなこた、知ったこっちゃねー。だがな、これだけは聞かせろ。もうそろそろお迎えが来ようっていうジジイの分際で、てめーが成功したいと思ったのは、ヒスイとかいう犬畜生のためじゃねーのかよ、ええっ？」

「……そ、それもあるが」

青砥さんは口ごもった。

彼が口ごもるのを、ぼくは初めて聞いた。

「それもあるだァ？　てめーが何をしたってんだよ！　イマジン野郎から情報を聞いて、そのとおりに商売して、勝手に成功しただけじゃねえのか？　偉そーにしやがって。てめーは何もしてねーんだよ。ぜんぶ、犬畜生が、イマジン野郎に願ったとおりになっただけのことじゃねーか！」

「だったら何の文句がある。それがヒスイの願いだったんだろうが」

「大バカ野郎！」

　モモタロスは本気で怒っていた。「あの犬畜生がホントに願ったのは、てめーが成功することでも、自分が魔犬になることでもなんでもねー！　てめーみてーなクソジジイと、ずっといっしょに暮らしたい。それだけなんだよ！　てか、いっしょに暮らせなくても、クソジジイが少しでも笑って暮らせるようにと、それだけを、今でもずっと願ってんだよ、あのクソ犬は！　どんだけお人好しなんだよ、あのクソバカ！　これほどまでにクソジジイな、てめーのためによ！」

「そんなわけないだろう？」

　青砥さんは、少し冷静さを取り戻した。

「ヒスイは、逃げだしたんだ。私を捨ててな」

「てめーはそれを見たのか？」

「見てはいないが、津野崎がそう言っていた。あの津野崎が私をたばかるはずがない。あいつは私の言うなりだ。ヒスイに逃げられて、しょげていた私を慰めるために、ジェイドを探してきてくれたのも津野崎だし……」

「あんたにはちょっとあきれるな」

侑斗が深いため息をついた。

「今の野上の話を聞いてなかったのか？　あの話には続きがある。ヒスイが魔犬になりはじめたとき、化け物のようなその姿を見て、津野崎はヒスイを病院に連れていこうとした。……実際には、一足飛びに殺してしまおうとしたのかもしれない。いずれにしても、魔犬になったヒスイをあんたに見せたくないのが本心だった。だが、ヒスイは隙《すき》を見て、津野崎の車から逃げだした。それ以来、魔犬と化したヒスイは、津野崎の目を逃れながら、つかず離れず、あんたを見守り続けた。津野崎の行動はあんたを守ろうとしてのものだったが、ヒスイも魔犬になってまで、あんたを守り続けようとしたんだ」

「そんなバカな！」

青砥さんは愕然《がくぜん》としていた。

「ヒスイは私から逃げた。津野崎も私の顔色を窺《うかが》っては、裏を掻《か》こうとしている。私はだれも信用しない」

「だとしたら、あんたは鈍感としか言いようがないな。飼い主としても、上に立つ者としても。みんな、あんたを守るために、一生懸命だったのにな」

「まさか……」

青砥さんは、さっきまでの毅然《きぜん》とした態度はどこへやら、すっかり顔色を変えていた。

　ぼくは、まだいきり立っているモモタロスを押さえて、自分の口を取り戻した。

「青砥さん、ぼくは……ぼくは、不思議でした。あなたの、ジェイドに対する態度がです。ぼくの姉さんは、あなたは犬が好きな人だと言う。けど、あなたはときどきジェイドに冷たく当たっている。笑顔も見せてやらないし、逃げたら逃げたで引き取ってやろうともしない。そのわりには、会社にもどこにでも抱いていくくらい、ジェイドを一時も手放したくないようなそぶりもありました。犬が好きなのか嫌いなのか、どっちなんだと思ってた。でも、ジェイドの前に飼っていた犬が『ヒスイ』という名前だと聞いて、少しだけわかった気がしたんです。あなたは、本当にヒスイ君に逃げられたと思ってたんですね。だから、ヒスイ君の代わりに津野崎さんが別の犬をあてがったとき、あなたは『ジェイド』という名前をつけた。ヒスイ君にちなんで」

「………」

「でも、そのことはかえってあなたを苦しめた。『ジェイド』と呼ぶたびにヒスイ君のことを思いだした。愛情を注げば注ぐほど、ヒスイ君を裏切ってる気がして気がとがめ、あなたはジェイドに邪険になっていった。そうかといって、ジェイドを片時も放ってはおけなかった。いつまたヒスイ君のように、あなたを置いて逃げだしてしまうか不安で不安で、会社にまで抱いていってたんです。……そういうふうに考えたら、ジェイドに対するあなたの態度がなんとなくわかりました。矛盾しているように見えるけど、そうではなかったんだ。あなたは、ホントにヒスイ君が好きだったんですね。ヒスイ君に逃げられたと思ったショックが、ジェイドや津野崎さんや、他の人たちに対する冷たい仕打ちになって影響してたんです」

「…………」

「そうだったのね」

青砥さんは何も言わずに聞いていたけれど、ハナさんが反応した。

大きな瞳が、ちょっとウルウル来ているように見えた。

「いけ好かないヤツと思ってたけど……。この人はこの人なりに傷ついてるのかもしれないわね。あのヒスイ君が、なんで魔犬になってまで、この人に一途なのか、少しはわかった気がする」

「ぼくはそうは思わないよ、ハナさん」

ぼくは言下に遮った。

ハナさんには悪いけど、ぼくはハナさんほど純情じゃない。

「青砥さん。ぼくは、あなたは間違ってると思う。津野崎さんに何て言われたか知りませんけど、ヒスイ君が逃げたと思いこんだのはあなたの勝手です。ジェイドを引き取って、『ジェイド』って名前をつけたのもあなたの勝手。それなのに、あなたは勝手に傷ついてる。ヒスイやジェイドにはなんの関係もありません。ヒスイもジェイドも、ただあなたに飼われただけなのに、勝手に愛情を注がれたり冷たくされたり、あなたの好き放題だ。むしろ傷ついてるのは、ヒスイやジェイドのほうじゃないですか」

「…………」

「ぼくは、やっぱりあなたが嫌いかもしれません」

言ってしまった。

部屋を、沈黙が支配する。

今、ここで言うべきことじゃなかったことを言ってしまった自覚はある。侑斗が、ぼくの脇腹をこづきながら「野上、おまえな」とひそひそ声で責めてくる。もうこれで、青砥さんが日付を言ってくれるチャンスはなくなっただろう。

けれども、ぼくは、自分の言ったことを撤回するつもりはない。

そして。

沈黙を破り、青砥さんが顔を上げ、ニヤリと笑った。

「私が嫌いか……。やはり君たちは私の敵だな。どうしても私の成功をなきものにしたいらしい」

〈てめーという野郎は、どこまで！〉

モモタロスが、瞬間湯沸かし器的にカッとするのを、押さえて正解だった。

「二〇〇八年九月十五日」

と、青砥さんが言った。

「……え？」

「私の事業の成否を分けた日が聞きたかったんだろう？　二〇〇八年九月十五日。それが日付だ。その朝に不思議な怪物と出会って、未来の予言を聞いたんだ。リーマンショック、ブラジルレアル急騰、超円高、欧州債務危機、アベノミクス……。つどつどに、私は予言どおりに相場を張り、ことごとく成功を収めてきた。会社は何千倍にもなった。が、たしかに君の言うとおり、私は何もやってないのだろうな、良太郎君」

「……青砥さん」

「私からも、ひとつ聞きたい。今、ヒスイはどこにいる？」

「病院です」

ぼくは、獣医さんの場所を教えた。「でも、それを聞いても……。ぼくたちはこれから過去に飛んで、イマジンを倒します。イマジンが青砥さんに未来の情報を与える前に。そうすると時間はもとに書き戻されます。青砥さんは成功者じゃなくなり、ヒスイ君も魔犬じゃなくなります。だから、ヒスイ君はケガもしなくなるんです」

「良太郎君、君は相場師というものがつくづくわかってない」

青砥さんは首を振った。

「相場師はギャンブラーじゃない。バイナリーオプションのときに教えたつもりだったがな。一点に張るということは絶対にしない。相場がどっちに転んでも、儲《もう》けを出そうと全力を尽くす。それが相場師というものだ。もし、君たちが時間をもとに戻すのに成功したら、そのイマジンとやらの予言の代わりに、過去の私に言ってくれ。ヒスイを手放すな――どんな貧乏をしても絶対に、とな」

「もし、ぼくたちが失敗したら――？」

「私は、この時間でヒスイといっしょに暮らす。あいつが、どんな姿に変わり果てていたとしても」

　青砥さんは、再びニヤリと笑った。

　今度こそ、そのニヤリは、本心からの笑みのように感じた。

「どうだ。どっちに転んでも私の勝ちだ。君たちが時間をもとに戻せようが戻せまいが、私が事業に成功しようが失敗しようが、私はヒスイを取り戻す。ずっといっしょに暮らし、いっしょに本当の未来をつくる。私は人生の勝利者だ。そうだろう？」

「たしかにな」

　もう一度、モモタロスがぼくの口からしゃべった。

「とっとと犬畜生のところに行きやがれ！　そしてせいぜい長生きでもしてやりやがれ、このクソジジイ！」

　ぼくは、なんだかモモタロスが泣いているような気がしてならなかった。

10

二〇〇八年九月十五日

隅田川上空から降下したデンライナーは、日本橋川に乗り入れ、半分潜水しながら上流に向かって北上した。

まだ月曜の早朝ということで、行き交う人も舟もほとんどない。

「左手をご覧くださーい。この先が目的地、兜町《かぶとちょう》になりまーす」

ナオミさんがアナウンスする。

「いわゆる《リーマンショック》が起こるのが、この日の午後です」

オーナーが解説する。

「投資銀行リーマン・ブラザーズが破綻し、いろんな連鎖が全世界にパニックを引き起こして金融危機がはじまります。日経平均は、わずか一ヵ月で半分に急落。あれよという間に多くの投資家が損失をこうむり、倒産の憂き目に遭った企業の数は史上最大。そうした悲劇の引き金が引かれたのが、この日というわけですねェ。たしかに、これから数日間のうちに起こる出来事の数々だけでも、この日のうちに知りえた投資家がいたとしたら、世界中の金融マーケットが大混乱に陥っていくのをしり目に、巨万の富を築きあげることができるかもしれません」

しかし、モモタロスはそんな説明など聞いちゃいなかった。

〈匂うぜ、イマジンのニオイだ！〉

「モモタロス」

ぼくは、モモタロスに身体を委ねた。

モモタロスが嬉々《きき》として前面に出る。髪が逆立ち、目が赤く染まるのが自分でも感じられた。

デンライナーは、首都高速の橋ゲタを器用に縫いながら、橋を飛び越えるようにジャンプした。

すかさず、飛びだしたぼくが橋の上に降り立つ。

東京証券取引所。

敵イマジンは、アローズ館の張り出しに腰かけ、こちらに警戒の目を向けていた。

「あれ、電王《デンオウ》が来ちゃった？」

鳥のような姿をしたイマジンは、ぼくがデンライナーから駆けよるのを見て、深々とため息をついた。

「邪魔してほしくないんだけどな。もうすぐ、ぼくの契約者とその飼い主が、そこの道を通りがかるんだもん」

「てめーに契約を完了させるわけにはいかねーんだよ、このチキン野郎！」

モモタロスの言うとおりだ。

イマジンと青砥さんを会わせるわけにはいかない。

この敵さえ倒せば、時間はもとの通りに運行する。ヒスイとの契約は完了せず、彼は魔犬にならないで、普通の犬のままでいられる——。

「変身！」

モモタロスは、パスをベルトにかざした。

全身がアーマーに包まれる。

「俺、参上！」

言うが早いか、アローズ館の上までジャンプして、イマジンに斬りかかった。

イマジンは軽く羽ばたいて、モモタロスの斬撃を避ける。

「いきなりだな〜。挨拶もなし？」

「俺に前ふりはねーんだよ！　俺は、最初から最後までクライマックスだからな！」

間髪入れず、モモタロスは立て続けに剣を浴びせかけた。

が、イマジンはひらりひらりと飛んで、剣に触れさせもしない。

「このチキン野郎、戦えっつーんだよ！」

「ぼくも言っておくよ。ぼくはニワトリじゃなくて、七面鳥だもん。契約者が、なんでそんなイメージ抱いたんだか知らないけどね。犬のくせに」

七面鳥……。

たしかに、ヒスイが七面鳥をイメージするものだろうか。

「けっ、それこそしちめんどくせーってんだよ。てめーが何だろうとかまやしねえ。鳥野郎は鳥野郎じゃねーか」

「鳥野郎鳥野郎って……下品だな〜。噂の電王が、こんなに口の悪いヤツだなんて知らなかったもん」

イマジンはうそぶきながら、つつ……と後じさってモモタロスの攻撃を避け続ける。

ふと、ぼくは気づいた。

イマジンは、戦うつもりがない。かといって、逃げだすつもりもなさそうだ。

モモタロスを挑発しながら、適当に距離を取り続けてる……。

〈まずいよ、モモタロス。あいつ、時間稼ぎしてる〉

「何⁉」

〈青砥さんたちが現れるまで、時間を稼ぐつもりなんだ〉

モモタロスは、剣をイマジンに向かって突きつけ、

「姑息じゃねーか、鳥野郎。ちまちま時間稼ぎなんかしやがって……」

「あれ、気づいちゃった？　そうだよ。だって、もうすぐ契約完了するんだもん」

「あのクソジジイに会おうってんだろ。けどな、俺がすんなり会わせるとでも思ってんのかよ。ぜってーに行かせねーからな」

「べつに会わなくたっていいもんね。叫んじゃえばいいんだもん。『リーマン破綻するよっ！』でもいいし、『今日から全力で空売りだよっ！』でもいいし。ヒントさえ契約者の飼い主の耳に届けば、それでぼくの契約は完了しちゃうんだもん」

そうだ。

今日の青砥さんの相場観ってやつが、ほんのちょっと変わるだけで、彼の運命は激変する。ちっぽけな小石を投げこみ、さざなみを立てるだけで、それはやがて大きなうねりとなって、計り知れない影響を未来に及ぼす。

今日という日は、そういう日なんだ。

「くそっ！」

モモタロスは毒づいた。

「鳥野郎にそんなこたさせられねー！　あの犬畜生を普通の犬に戻さなきゃなんねーんだよ！　鳥野郎……クソ鳥野郎！」

モモタロスの迷いが伝わってきた。

敵イマジンの羽根は、空を飛べるほどの力はないみたいだけど、モモタロスの攻撃をずっと避け続けられるほどのフットワークはありそうだ。このまま攻め続けても、のらりくらりと逃げられ続けるだけかもしれない。

ぼくも迷った。

ここは、リュウタロスを出して銃攻撃に切り替えるべきだろうか。それともウラタロスに釣り上げてもらったほうがいいか。それとも……。

〈呼んだか？〉

いきなり、ぼくの奥の奥のほうから、カン高い声が響いた。

「降臨！　満を持して」

第五のイマジン――ジークが、ぼくの身体を支配した。

なぜか、白鳥の羽根が降りしきる中で。

●

〈て、てめ、この手羽先野郎！　脈絡なく出てくんじゃねーよ！〉

「おお、私をしきりに呼んでいたのはおまえか、お供その一。先ほどから私の不在を嘆き悲しみ、私の降臨を願ってやまない下々の声が耳に届いていたのでな。忙しい身なれど、こうしてわざわざ出向いてやったというわけだ」

〈おまえの不在ってやつを願ってやまないってんだよ！〉

「そうかそうか、そんなにうれしいか。そこのイマジン、おまえも私の降臨を言祝《ことほ》ぐために現れたのか？　よいよい、祝いの言葉を述べるがよい」

「デ、電王ってヤツは、ヘンなのばっかりなんだな……」

イマジンはあきれながら、でも警戒する姿勢を崩さなかった。

〈ジーク、あいつは敵なんだ。もう時間がない。君でもいいから、早くあいつを倒し

て！〉

「久しぶりだな我が友よ。やはり私がいちばんいいと言ってくれるのか。そうだろうそうだろう。そなたの願いとあらば、聞き届けてやろう。あの者を倒せばよいのだな？」

〈お願いだから早く！〉

「せっかちなことだ……戦いとは、もっと優雅にやるべきものだ」

ぶつぶつ愚痴《ぐち》りながらも、ジークはデンガッシャーをブーメランに組み立て、イマジンに放った。

「おわっ⁉」

不意打ちにたじろいだものの、イマジンは羽ばたきひとつでブーメランの軌道を避けた。が、ジークはその間にふわりと間をつめ、もう一方の手にしたハンドアックスでイマジンを一撃した。

「ぐっ！」

手応えがあった。

イマジンの羽根が散る。致命傷まではいかないが、それなりの深手を負わせたはずだ。

イマジンはよろよろと後じさった。

〈ジーク、追うんだ！〉

ぼくは心の中で叫んだ。

けど、ジークはそれきり動こうともしない。

〈どうしたの、ジーク⁉〉

「追いかけるなど、私のすることではない。むしろ私が下々に追いかけられる身なのだ。世界は私のために回っているのだよ」

……ダメだ。

ジークとは何年もつきあってきたけれど、いまだに彼の思考回路にはまったくついていけない。

そんなコントをやってる隙《すき》に、イマジンが逃げた。

「ちょっと油断しちゃったけど、もう遊んでやらないもんね！」

アローズ館の奥にある十五階建ての本館の壁面を登りはじめた。足で窓のサンをつかんでは、羽ばたきの力で、するすると登っていく。

〈しまった！〉

イマジンが本気を出せば、こんなことができるとは。

ジークなら、同じようにして追いかけることもできるはずだけど、たぶん、どんなに説得してもジークは言うことを聞いてくれない。登る姿があんまりカッコよくないからだ。

《超てんこ盛り》なら――ジークと他の四人のイマジンの力を合わせれば、空を飛ぶこともできる。けど、《てんこ盛り》には致命的な弱点がある。時間がかかりすぎるのだ。まず、五人のイマジンが心をひとつにしてくれないことには、身動きひとつとれない。そのための時間が、今のぼくたちには残されていない——。

手をこまねいているうちに、イマジンはビルの屋上まで登りつめてしまった。

「もう時間切れだもんね。ほら、もう契約者がやってきた——」

イマジンに言われて振り返ると、狭い道を、車が走り来るのが見えた。高級車じゃないけれど、この時間の青砥さんの車なのだろう。

まずい！

全身から血の気が引くのを感じたとき——。

「最初に言っておく！」

デネブの声がした。

「うわっ、おまえいつの間に！　ぜんぜん気づかなかったもんね！」

イマジンの背後に、デネブが憑依《ひょうい》したゼロノス——侑斗が《変身》した姿——が仁王《におう》立《だ》ちに現れた。

「驚かせてすまない！　だが、俺にも言わせてくれ！　七面鳥をターキーと呼ぶのは、『トルコの鳥』という意味だが、七面鳥はアメリカ原産だ！　アメリカで感謝祭に七面鳥を食べるのは、ふんだんに手に入って、ターキー料理がもともとポピュラーだからなんだ！」

「そうなのか。知らなかったもんね……」

「俺が去年のクリスマスにつくったのが七面鳥じゃなくてローストチキンだったのは、七面鳥を手に入れるのをサボったからじゃない！　チキンのほうがおいしいと思ったからだ！　だが、侑斗が望むなら、今年は七面鳥にしようと思う！　今のうちから、ターキー料理の腕を磨いておくから！　というわけで、おまえを練習台にする！」

と、ひとしきり《青年の主張》めいた演説をぶっていたかと思いきや、ゼロノスはいきなり大刀でイマジンに斬りつけた。

「わ――――――っ！」

イマジンが悲鳴をあげて落下してくる。

〈モモタロス、今だ！〉

「手羽先、どけッ！」

モモタロスがすかさず前に出て、再び主導権を握る。

「必殺！　俺の必殺技ッ！」

イマジンの落下点めがけて、剣の先を放つ。落ちながらでは、これは避けようがない。

見事にジャストミートし、イマジンは爆発した。

やった！

――と思ったのもつかの間。

「野上、まずいぞ！　デンライナーに戻れ！　イメージが暴走する！」

ビルの上から、ゼロノスが声をかけた。自身もゼロライナーに駆け戻る。

侑斗の言葉のとおり、爆発の中から、巨大な怪鳥が姿を現そうとしていた。

怪鳥と化したイマジンは、何十メートルもありそうな羽根を広げ、空に舞い上がった。

●

デンライナーに戻ったぼくたちは、上空で怪鳥と交戦状態に入った。

「さあ、早いとこ、やっつけてしまいましょうか」

「ってオーナー、私たちが不利なんですけど！」

ハナさんが悲鳴をあげる。

ゼロライナーと連結したデンライナーは、怪鳥と遜色《そんしょく》ないスピードを備えている。

でも、機関を増強してもしょせん電車は電車だ。空を飛ぶのに特化している怪鳥と比べて、どうしても機動性で及ばない。

怪鳥の吐く光弾が次々とヒットし、車体が大揺れに揺れた。

「レーダーやられちゃいました〜」

ナオミさんが報告する。

「それは困りましたねェ。攻撃の精度が下がってしまうではないですか」

「オーナー、とりあえず軌道を地上すれすれに敷いて、上に弾幕を張ったらどうでしょう?」

ハナさんの提案に、しかし、オーナーは首を振った。

「それは守りの姿勢です。どんな状況でも、攻めの姿勢を忘れてはいけませんよ、ハナ君」

「って、攻められる状況じゃないですって!!」

「守っていては負けです。兜町の上で朝からドンパチやらかしてるんですから。このままでは、相場にどんな影響を与えるかわからない。早くあいつを倒してしまわないと、敵さんの思うつぼかもしれませんよ」

七面鳥のイマジンは、最後の賭けに出たのかもしれない。

イメージを暴走させたイマジンは、攻撃本能のカタマリで、知性のかけらも残っていない。ただ、あの怪鳥は、デンライナーとの交戦を青砥さんに見せることで、その後になんらかの影響を及ぼそうとしているのかもしれなかった。

また怪鳥の攻撃が当たり、

「バーディーミサイル、やられちゃいました〜。それに誘爆で、機関にもダメージです〜」

ナオミさんが報告する。

レーダーを失い、敵がどこにいるのかもわからない上に、デンライナーの武装の中で、いちばんコントロールが効く誘導兵器が失われた。

戦況は、圧倒的に不利だった。

「仕方ありませんねェ。ハナ君、窓をたたき割ってもらえますか?」

「えっ?」

「こうなったら、目視で敵を確認するんです。リュウタロス君にでも見はってもらいましょう」

「でも、リュウタロスの銃なんかじゃ……」

「見はってもらうだけですよ。彼は、射手だけに目がいいですからねェ」

オーナーの指示に従うしかなかった。

ハナさんがオーナーのステッキを借りて窓を割り、ぼくはリュウタロスにスイッチして窓にかじりついた。

「あー、風が気持ちいー!」

リュウタロスはすっかりはしゃいでいる。

「敵は見えますか、リュウタロス君?」

「うん、見えるよー。こっちに向かってくるー」

「何時方向でしょう?」

「えー、何時って? わかんなーい。ぼく時計持ってないしー」

「お箸を持つほうですか、それともお茶碗を持つほう?」

「んーとね、卵焼きのあるほう! ぼく卵焼き大好きー!」

「よし、わかりました!」

〈わかるんかいっ!!〉

ぼくの中で、他の三人がいっせいにツッコミを入れた。

「ゴウカノン、十時方向、仰角三十二度、全門斉射ッ!」

四連の主砲が火を噴き、反動の衝撃がデンライナーの車体を揺るがせた。

「あー、当たったー! かわいそー!」

全弾が命中し、怪鳥は黒煙を引きながら隅田川に落下していく。

「モンキーボマー、一番から三番、投下ッ!」

爆雷が怪鳥を追い、とどめを刺した。

●

ぼくは、取引所の裏手にある古色蒼然《こしょくそうぜん》とした喫茶店から、青砥さんが出てくるのを待ち構えていた。

「おや。君は《ミルク・ディッパー》の……」

「野上良太郎です」

「そうだ、良太郎君だったな。たしかまだ高校を出るか出ないかくらいじゃなかったか。いつの間にか、ずいぶんたくましくなったな」

「いろいろありまして」

この時間の青砥さんは、さすがに少し若かった。侑斗の持っていた写真以上に。服装も、似合わないスーツじゃなくてポロシャツ姿だ。

青砥さんが、店の脇の駐車場につないでいたヒスイのリードをほどく。

ヒスイは、もっと若い。身体の大きさこそ、もういっちょ前だけれど、その表情はまだ子犬といっていいくらいだ。

きょとんと、まっすぐにぼくを見上げているつぶらな瞳は、左右で色が違う。

「珍しいな、良太郎君とこんなところで会うなんて」

「青砥さんは、これから証券取引所ですか？」

「いや、もう《場立ち》はやってないよ。こいつを散歩させついでに、兜町をぶらぶらする習慣になってるだけだ。コンピュータ取引ばかりやってると感覚がにぶってしまうしな」

「そうなんですか」

当たり障りのない会話をしながら、ぼくは、青砥さんの様子を探っていた。

大丈夫だ。

高いビルに囲まれ、さっきの戦いは、青砥さんには気づかれてない。だったら、ぼくは言わなきゃいけないことを言うだけだ。オーナーに無理を言って、少しだけこの時間に残らせてもらったのは、そのためだったから。

二〇一三年の青砥さんと約束したことを。

「これから、いろんなことがあるかもしれません。でもヒスイ君を手放しちゃダメですよ。どんなことがあっても——絶対に」

「そうだな」

青砥さんは、ニヤリと笑った。

「さっき、変なものを見てな……空の上で、でっかい鳥と電車が戦ってるんだ。何かの見間違いだと思うが、この世には不思議なこともあるもんだと思った。でも、何があってもこいつといっしょに生きていくさ。こいつさえいれば、私はほかに何も要らない。財産も会社も、何も……。改めてそう思った」

「そうですか」

ぼくは、もう一度ヒスイの顔を見た。

青砥さんを信頼しきって、安心しきっているその顔を。

青砥さんには、今日から、いろんな苦難が降りかかる。ぼくは、そのことを告げるわけにはいかない。けど、願わくは、ヒスイの信頼が裏切られることがないことを——そう、ぼくは願った。

「もう行きます。……そうだ、ひとつ教えてください」

「何だね」

「もしかして、ヒスイ君の好物って、ターキーのパストラミじゃありません？」

さっきの、デネブの演説を聴いていて、思いだしたことがひとつあった。

パストラミの材料は、たいていは牛肉だけれど、ターキーもあるって姉さんに聞いたことがある。

「よく知ってるね。いや、ターキーのほうが牛や豚より健康的かと思って、ひところよく与えてたんだ。でも、君のお姉さんに叱られてしまってな。犬には塩分が濃すぎるし、刺激が強すぎるって。もう与えてないよ」

と、青砥さんは頭を掻《か》いた。

「そうですか。それじゃ」

ぼくは、そそくさと踵《きびす》を返した。

これ以上話していると、よけいなことを言ってしまいそうな気がして。

それでも。

どうしてもたまらなくなり、ぼくは立ち止まって言い添えた。

「青砥さん、たまには、ヒスイ君にパストラミをあげてください！　たまに、だったらいいでしょう?」

「そうしよう」

青砥さんは、にっこりして手を振った。

その足もとで、オッドアイの犬も、ぱたぱたとシッポを振っていた。

11

二〇一三年四月二十三日

——と、その未来

「お帰り、良ちゃん。朝帰りなんて体に毒じゃない。あら、ハナちゃんも。いらっしゃい」

「ただいま、姉さん」

ぼくは、ぼくの時間に帰ってきた。

店内を見回す。

イマジンを倒し、時間が本来あるべき運行に戻ったのなら、なんらかの変化があるはずだ。

でも、あんまり変化が感じられない。書架の本も、やはり欠落している。

「姉さん、ここにあった本だけど……」

「あら、良ちゃんが気づくなんて珍しいわね」

姉さんは微笑んだ。「青砥さんが借りたいって言うから、お貸ししたの」

「青砥さん？」

どきりとした。

まさか、ここで青砥さんの名前が出るなんて。

「姉さん……やっぱり、この店を青砥さんに売るつもりなの？」

「えっ？」

姉さんはきょとんとした。

「どうして？　私、この店を売ったりするつもりないわよ」

「そうですよね～、愛理さん」

　尾崎さんが、会話に首を突っこんできた。

「だいいち青砥さんにはそんなお金ないし。あの人、ちっぽけな会社の社長やってるらしいけど、てんで貧乏ですものね～」

「貴様はそこにつけこんで、こないだ青砥さんを買収しようとしたではないか」

　三浦さんがむっつりと言った。

「違いますよお。ぼくは彼の飼い犬、あれを記事にしたいだけ。あの犬、左右で目の色が違うでしょ。オッドアイっていうらしいんですけど、珍しいから、人気出ると思うんですよね～。でも青砥さん大事にしすぎちゃって、謝礼払いますって言っても、金なんかに換えられるかとか言っちゃって、ぜんぜん耳を貸してもらえないんですよ～」

「最近は小さな弟分ができて、近所で人気らしいな。名前は、たしかジェイ……ジェームズ……」

「ほら、最近人気なんですよお。人気って言えば、駅むこうの、幻の酒を復活させようとか言ってがんばってる生意気中学生も人気なんですけどね、酒屋のじいさんが頑なに孫を守っちゃって、こっちも取材受けてくれないし。青砥さんにも酒屋さんにも、愛理さんから口を利いてくれません？　ねえ、愛理さ～ん」

「ダメですよ。私は忙しいんですからね」

ごろにゃんする尾崎さんを突き放し、姉さんは、また焙煎器《ばいせんき》に向かった。

時の運行は、もう、すっかりもとに戻ったらしい。

窓の外を見ていたハナさんが言う。

「東京ワールドタワーってあっちの方角だったっけ？　なくなっちゃったけど」

「東京ワールドタワー？　スカイツリーじゃなくて？」

ぼくは首をかしげた。ワールドタワー。なんだっけ。どこかで聞いた気もするけど……。

「覚えてない？　エイトライナーも？」

「エイトライナー？　時の列車？」

「えっと……いいのいいの。忘れて」

「気になるよ」

「ホントにいいの。私もすぐに忘れちゃうと思うから」

ハナさんは苦笑して、テーブルに向かって座った。

ぼくも向かい側に腰を下ろす。

「それにしても、あの七面鳥のイマジン、あいつの本当の狙いって何だったんだろ？」

「うん。私もずっとそれを考えてたんだけど……」

あのイマジンのやったこと。

ヒスイと契約し、二〇〇八年の青砥さんに情報を与えて大成功させた。その結果、ヒスイが魔犬になったり、この店も影響を受けたりしたのは、ぼくたちにとっては大事件だったけれど、世界が変わるってほどじゃない。

イマジンの本当の狙いは何だったんだろうか。

「私、思うんだけどね」

ハナさんが言った。

「イマジンの狙いは、案外、この店だったんじゃないのかな」

「えっ？」

「この店がここにあるか、ないかって、私たちが思ってるより、ずっと大きなことかもしれないって気がする。イマジンは、この店をなくそうと狙ってた。でも、この店を物理的に壊してもイマジンの目的は達成できない。回りくどいやり方かもしれないけど、愛理さんが、自発的にお店を手放すように仕向けた。そうすることで未来が大きく変わってしまう。……考えすぎかもしれないけど、私、そんな気がしてならないの」

「…………」

ハナさんの考えてることは、ぼくにもなんとなくわかった。

もし、そうだとしたら。

この店がここにあって、姉さんがいて、ぼくがいて、尾崎さんや三浦さんたちがいて、ハナさんが飛びこんできて……そんな当たり前の日常が、こうやって当たり前にあり続けることが、すごく大事なことなのかもしれない。

もちろん、むすっとした顔をしながらときどき顔を出す彼の存在も。

こうしたこと、みんなすべてが、何かの実を結ぶのかもしれない。

いつか。

いつか、未来で。

ぼくは、なんとなく切ない気持ちになって、焙煎器に向かって没頭している姉さんに声をかけた。

「姉さん、ずっとこの店をやってよね。ずっと手放さないでいてよね」

「当たり前でしょ。良ちゃんも邪魔しないで。私は忙しいの。ブレンドを完成させるって約束したんだもの……ほら、もう来ちゃったじゃない」

店の外に、侑斗のバイクが停まる音がした。


〈おしまい〉

原作
石ノ森章太郎

著者
白倉伸一郎

協力
金子博亘

デザイン
出口竜也
（有限会社 竜プロ）

白倉伸一郎 | Sin-ichiro Sirakura

1965年8月、東京都生まれ。『仮面ライダー電王』テレビシリーズ、映画『俺、誕生！』『クライマックス刑事』『さらば電王』『鬼ヶ島の戦艦』『トリロジー』『レッツゴー』等をプロデュース。『イマジンあにめ』等では一部脚本も担当。
現・東映株式会社取締役（映画企画部門担当 兼 企画製作部長、東京撮影所担当）。

講談社キャラクター文庫 008

小説《しょうせつ》 仮面《かめん》ライダー電王《デンオウ》

東京《とうきょう》ワールドタワーの魔犬《まけん》

2013年7月26日 第1刷発行

著者	白倉伸一郎《しらくらしんいちろう》 ©Sin-ichiro Sirakura
原作	石ノ森章太郎《いしのもりしょうたろう》 ©石森プロ・東映
発行者	持田克己
発行所	株式会社 講談社
	112-8001 東京都文京区音羽2-12-21
電話	出版部（03）5395-3488 販売部（03）5395-4415
	業務部（03）5395-3603
デザイン	有限会社 竜プロ
協力	金子博亘
本文データ制作	講談社デジタル製作部
印刷	大日本印刷株式会社
製本	大日本印刷株式会社

ISBN 978-4-06-314858-9 N.D.C.913 290p 15cm
定価はカバーに表示してあります。Printed in Japan